Exquisit modern

ENNIO DE CONCINI

Kleine Spanierin

ROMAN

WILHELM HEYNE VERLAG
MÜNCHEN

HEYNE EXQUISIT MODERN
16/438

Herausgeber: Werner Heilmann

Titel der Originalausgabe: La Spagnoletta

Deutsche Übersetzung: Dr. Diane Rosenstein

Printed in Germany 1988
Umschlagfoto: ZEFA/Hapke, Düsseldorf
Umschlaggestaltung: Atelier Ingrid Schütz, München
Satz: IBV Satz- und Datentechnik GmbH, Berlin
Druck und Bindung: Presse-Druck Augsburg

ISBN 3-453-02682-9

Für Giuseppe Palla, genannt Peppa Palla,
wegen gewisser erotischer Fähigkeiten
genannt die Kleine Spanierin,
neunzehn Jahre alt, fast zwanzig.

Beginn

Weißgestrichene Wände; mit Papierschmetterlingen und Hampelmännern geschmückte Möbel. Winzige Stühle wie aus einer Zwergenwelt. Durchs Fenster strömt die belebende Luft, atmet das frische Grün eines großen Gartens. Von Zeit zu Zeit schrille Schreie – gleich denen kreisender Schwalben oder streitender Kinder.

Drei Männer sitzen hinter einem Schreibtisch aus hellem Holz, über den eine gelbe Filzdecke gebreitet ist, auf der eine Mineralwasserflasche und drei Gläser stehen.

Vor jedem Mann liegen ein Notizblock und einige Geduldsspiele. Wurfringe, die über auf Holzplatten angebrachte Stäbe gestreift sind, geometrische Steckfiguren und -türme, Bauklötze aus Plastik. Alles sehr farbenfroh und in vielfältiger, gediegener Ausführung. Vor dem Schreibtisch sitzt eine sehr selbstsicher wirkende junge Frau, die sich immer wieder über die Brust streicht, so, als ob sie sich vergewissern wolle, daß diese noch da sei. Ihr Haar ist militärisch kurz geschnitten. Der Schnitt kleidet sie, verleiht ihren zu weichen, leicht verschwommenen Gesichtszügen die nötige Strenge.

Der Morgen bricht an; das erste Licht wirft vereinzelte Schatten auf den Boden, die Möbel mit den papierenen Schmetterlingen, die weißen Wände, die drei Männer und die Frau.

»Wieso, Peppa Palla, nennt man dich die Kleine Spanierin?« fragt einer der drei Männer.

»Wie heißt du?« gibt Peppa zurück.

Der Mann zögert, blickt die anderen beiden an, die ihm ermunternde Blicke zuwerfen.

»Dr. Emilio Sansavino...«

»Wieso Emilio Sansavino?« lacht Peppa.

Die drei schweigen eine Weile; ihr Erstaunen wird starr wie Glas.

»Gewiß doch, ich heiße Emilio Sansavino... aber eben nicht Emilio, der Kleine Teutone«, läßt Emilio Sansavino sich, dünn lächelnd, wieder vernehmen.

»Du hast recht«, sagt Peppa. »Nur... Tja, ich weiß nicht... Vielleicht hat es damit zu tun, daß ich von Anfang an die Spanische Kunst beherrschte... die mit den Brüsten...« Sie lacht fröhlich. »Davon hättest du gern eine Kostprobe, was?«

»Ich möchte lieber deinen richtigen Namen erfahren...«, erwidert Emilio Sansavino mit Nachdruck.

»Nun ja«, fährt die Spanierin nachdenklich fort, »Wenn du dir *ihn* erst einmal in den Hintern stecken läßt, wird man dich vielleicht auch den Kleinen Teutonen nennen...«

»Und dein richtiger Name ist?« wiederholt Dr. Sansavino, der, um Fassung ringend, mit scharfer Stimme das Gelächter der Spanierin zu übertönen sucht.

»Giuseppe Palla... Doch den haben wohl alle vergessen...«

So passierte es

Giuseppe Palla, genannt Peppa Palla, genannt die Kleine Spanierin. Warum hat man sie hierher, in dieses Zimmer mit den Papierschmetterlingen und den Hampelmännern gebracht?

Was wollen diese Leute von ihr? Professoren, Doktoren, Arschficker...?

Jemand hat heimlich den Nachttopf auf die Straße, in der sie wohnt, geleert.

Hat heimlich den Müllsack an ihre Hauswand gelehnt und obendrein noch darauf gepinkelt. Was will dieser Hurensohn von ihr? Was wollen diese Pisser? Wer hat sich heimlich aus dem Haus geschlichen, um seine Freunde mit Wolfsgeheul herbeizurufen? Wer war es? Ein Hurenbock? Ein Heiliger? Ein Philosoph? Ein Nebenbuhler? Karl Marx?

In Peppas Kopf sirren die Fragezeichen wie wildgewordene Wespen. Sie trug nichts als ihren hauchdünnen Morgenmantel. Sie hatte am Fenster, über die Matratze gebeugt, die sie lüftete, gesungen.

Sie kommen. Nehmen sie mit.

Hinter geschlossenen Fensterläden lachen sich viele Leute ins Fäustchen. Straßenjungen rennen hinter dem Polizeiauto her und schreien: »Wohin geht's, Spanierin?«

Ich geh' und lege meine Zeugenaussage ab. Mir bleibt nicht mehr viel Zeit zum Lieben, und ich will meine Beichte ablegen - über das, was ich getan und nicht getan habe.

Bist du vorbereitet?

Seid ihr verrückt?!... Ich improvisiere. An Schnauze hat es mir noch nie gefehlt. Und wenn mir die Worte fehlen, singe ich einfach. Ich kann nämlich den Ton halten.

Das Verhör

Emilio Sansavino schreibt sich Namen und Nachnamen von Peppa Palla, eigentlich Giuseppe Palla, auf.

»Männlich?«

»Ja. Giuseppe.«

»Aber du bist doch eine Frau!«

»Was kann ich dafür?«

Sie zuckt die Achseln und reicht ihm ihren Führerschein. Der Bursche, der Dr. Emilio Sansavino gegenübersitzt, prüft ihn.

»Wie heißt du?« fragt ihn die Spanierin.

»Dr. Enrico D'Allevi...«

»Und du?«

Die Spanierin hat sich dem dritten der Männer, dem in der Mitte, zugewandt. Der lächelt, als wolle er unter Beweis stellen, daß er der netteste und wichtigste des Trios sei.

»Professor Ercole Badini...«

Peppa nickt. O. K. Ihr soll's recht sein.

»Wollen wir uns ein wenig unterhalten?« fragt Sansavino.

»Warum nicht?«

»Fühlst du dich disponiert?«

»Ich hab' doch nicht meine Periode...«, lacht die Spanierin anzüglich.

»Und wie steht's mit der Seele?«

»Warum so feierlich, dies ist doch nicht die Beichte vor der letzten Ölung, oder?« sagt die Spanierin, plötzlich mißtrauisch geworden. »Hier haben die Pfaffen doch nichts zu suchen, hm?«

»Warum? Sind die dir etwa wichtig?« fragt mit philisterhaftem Lächeln Dr. D'Allevi.

Die Spanierin bricht in schallendes Gelächter aus.

»Hört euch diesen Idioten an! Du wirst mir doch nicht weismachen wollen, daß du nicht weißt, was die Pfaffen mit unsereinem anstellen... Ich bin doch nicht blöd...!«

Enrico D'Allevi zuckt zusammen. Er meint, er sei wohl doch ein Idiot, da er auf keinen Fall wisse, was die Priester mit den Prostituierten tun.

Die Spanierin wendet sich daraufhin den beiden anderen zu, die in ihren Spielchen für zurückgebliebene Kinder befangen sind, und beginnt etwas unwillig eines der Erlebnisse zu erzählen, das sie vor ihrer Verbringung zu dieser psychologischen Examination hatte.

Warnung

Alle Erzählungen Giuseppe Pallas, genannt Peppa Palla, genannt die Kleine Spanierin, sind in Form von Gerichtsaussagen im Originalton bei dem Notar Paolo Lobbia in Rom hinterlegt und tragen auf jeder Seite die Unterschriften des Professors Badini und der Ärzte Sansavino und D'Allevi. Es ist das Verdienst dieser drei Gelehrten, die stammelnde, heftige und dennoch farbige Prosa der Spanierin nicht aus einem ›üblichen Schamgefühl‹ heraus verändert, verzerrt, versüßlicht und somit beschädigt zu haben.

Durch ihre wortgetreue Niederschrift haben sie für jene, die es interessiert, ein menschliches und streng wissenschaftliches Dokument in Bezug auf die abenteuerlichen Wege einer Frau bewahrt, die sich in unserer Zeit der Prostitution verschrieben hat.

Einer Kunst, die bekanntlich in einigen Ländern bereits völlig ausgestorben ist, dort nämlich, wo Ex-Dirnen als Symbol ihrer Befreiung an nationalen Feiertagen eine weiße Papierblume tragen. Eben wegen dieser Anzeichen einer zunehmenden Verkümmerung eines so alten und gerühmten Gewerbes erscheint es mir nützlich, die Erzählungen Giuseppe Pallas, genannt Peppa Palla, genannt die Kleine Spanierin, durchzugehen und diese wiederzugeben. Nicht daß sie eine soziopolitische Botschaft darstellten oder gar agitatorisch wären, Material für politische oder moralische Massenbewegungen abgeben würden. Die Geschichten der Spanierin haben den allgemeinen Zweck, eine Person zu beschreiben – man erlaube mir den Ausdruck –, eine Seele unserer Zeit abzuschildern. Ihr Wert liegt einzig und allein in der höchst privaten Erfahrung eines Individuums. Es sind die Geschichten einer Einzelgängerin, nicht typisch für

Hunderttausende anderer Mädchen. Die Spanierin war in diesem Sinne einzigartig, eine Aristokratin. Ihr ganzes Leben, jede Handlung, jede Regung, stellte eine Verweigerung dar, sich der Masse anzupassen.

In Anbetracht dessen und der Tatsache, daß sich Professor Badini, Ercole und die Ärzte Sansavino, Emilio und D'Allevi, Enrico, im Untersuchungsraum der Landesanstalt für Psychiatrie anschicken, den Intelligenzquotienten, die geistige Entwicklung und also die Verantwortlichkeit Giuseppe Pallas, genannt Peppa Palla, genannt die Kleine Spanierin, auszuloten, wird das homerische Gelächter verständlich, mit dem das Mädchen nach anfänglichem Erschrecken das Wort ›Seele‹ bedacht hat.

Don Angelo

Der Name soll nicht etwa blasphemisch erscheinen.

Er nannte und nennt sich so.

Und jetzt bist du an der Reihe, Kleine Spanierin. Wirf das Handtuch weg, neige deinen Kopf über die Schüssel und übergib dich. Vergiß nicht, daß jemand in deiner Drei-Zimmer-Wohnung mit zwei Badezimmern seinen Nachttopf ausleeren wollte und einen Müllsack an deiner Straßenecke abgeladen hat.

Weil

Weil die Spanierin an einem Donnerstagabend zu später Stunde eine enge, dunkle Gasse zum Stadtzentrum emporklomm, stieß sie auf einen urinierenden Priester.

Den Saum des Gewandes zwischen den Zähnen haltend, pinkelte er gegen eine Mauer, was sich wie ein müdes Brünnlein anhörte.

Die Spanierin blieb staunend stehen. Sie hatte in ihrem Leben zwar schon unzählige Schwänze gesehen, aber noch nie prüfen können, ob der eines Priesters, den Maßen nach, dem eines normalen Sterblichen gleich war.

»Was gibt's da zu schauen?« fragte sie der Priester.

Die Spanierin sagte es ihm und fügte hinzu, ein Arzt habe ihr einmal erklärt, der häufige Gebrauch entwickle die Organe, der Pimmel werde um so größer, je öfter man ihn reinstecke.

Der Priester brach in schallendes Gelächter aus, wandte sich der Spanierin zu und wies diese an, doch zu kontrollieren, während er sich weiter vor Lachen ausschütten wollte, ob sein Instrument die Größe eines Knaben oder eines von Gott erschaffenen Mannes habe. Die Spanierin näherte sich ihm und warf einen verstohlenen Blick in die gewisse Richtung.

»Also... auch wenn es eine Todsünde ist«, sagte sie sodann nicht ohne ironischen Ton, »aber, seht Ihr immer so aus?«

Der Priester lachte erneut und blieb ihr die Antwort schuldig.

»Und wie steht es um das Keuschheitsgelübde?« fuhr die Spanierin im gleichen ironischen Ton fort.

»Das ist Ansichtssache«, lautete die ausweichende Antwort des Geistlichen.

Sie gingen zusammen weiter, da es, wie gesagt, schon sehr spät war. Und zu später Stunde ist man bei den bösen Begegnungen, die man in diesen Zeiten machen kann, besser zu zweit als allein.

Nach einigen schnellen Schritten überfielen die Spanierin Zweifel.

»Vielleicht bist du überhaupt kein echter Priester«, bemerkte sie.

»Was willst du damit sagen?« entgegnete der Gottesmann, den erneutes Gelächter schüttelte.

»Daß du vielleicht ein Transvestit... eine Tunte... oder gar ein Dieb oder Frauenmörder bist...«

»Nein, ich bin ein echter Priester... Habe gerade einer armen Alten, die schon mit einem Fuß im Grabe steht, die letzte Ölung erteilt...«

»Dann hab' ich also doch recht«, sagte sie Spanierin.

»Inwiefern?«

»Daß man noch nicht einmal denen trauen darf, die einen streicheln...« Sie schüttelte den Kopf. »Ich hatte schon immer den Verdacht, daß es die Priester, kaum, daß sie sie Messe hergesagt haben, am wildesten treiben...«

»Nicht alle...«, sagte der Priester.

»Die anderen arbeiten wohl lieber mit den Händen oder lassen *Ihn* sich in den Hintern stecken...«

»Du übertreibst...«, lachte der Priester.

»Ich weiß nicht, was das bedeuten soll, dein Schwanz spricht für sich.« Sie lachte auf. »Jetzt wird mir auch klar, warum die Nachkommen von Nonnen und Priestern mit diesen lächerlichen Namen durch die Welt irren: Diotisalvi, Innocenti, Carità...«*

Der Priester brach abermals in Gelächter aus. »Seit wann bist du nicht mehr zur Beichte gegangen?« fragte er.

»Und wie steht's bei dir?«

»Heute morgen... Wie hätte ich sonst die Messe lesen können...?«

»Warum? Hast du etwa Angst vor dem Paradies und der Hölle?« lachte die Spanierin.

---

* Anm. d. Übers.: Gottrettedich, Unschuld, Barmherzigkeit.

Die Straße war dunkel und leer. Zwischen ihren Lachsalven hallten ihre versetzten und unterschiedlichen Schritte wider; die der Spanierin waren kurz und hastig, die des Priesters lang und gleichmäßig.

»Ich glaube nicht nur daran«, sagte der Priester, »sondern ich weiß sogar, daß sie wirklich existieren. Und wenn man die Todsünde nicht sogleich wegwischt, befleckt sie uns in alle Ewigkeit, mein liebes Kind...«

»Wie heißt du?« fragte die Spanierin nach einer Weile argwöhnisch.

»Sagen wir: Don Angelo...«

»Irgendwie hatte ich mir für dich einen irdischeren Namen vorgestellt...«

»Der Name allein macht noch keinen Heiligen oder Sünder...«

»Das weiß ich selbst... Es gibt viele Huren mit dem Namen Maria...«

Sie gingen schweigend weiter.

Peppa Palla grübelte.

»Wenn du eine Todsünde begangen hast«, stieß sie plötzlich stirnrunzelnd hervor, »wie wischst du sie dann weg?«

»Ich lege die Beichte ab. Das solltest du auch tun...«

»Ach was, im Beichstuhl erzähl' ich doch sowieso nur lauter Lügen...«

»Das ist ein Fehler, denn dadurch häufst du nur Sünde auf Sünde, und vor dem Lieben Gott blamierst du dich obendrein, weil Er alles mitbekommt und mit jeder weiteren deiner Lügen die Wahrheit besser versteht...«

»Larifari papperlapp«, lachte die Spanierin. »Das kannst du deinen vier Betschwestern erzählen, die du an den Feiertagen in deiner Kirche zusammentrommelst...«

»Dann tu, was du willst«, sagte Don Angelo lächelnd.

»Wer nicht hören will, muß fühlen. Nach unserem Tod sprechen wir uns wieder...«

»Wo denn...? Etwa auf dem Friedhof...?« fragte die Spanierin und verzog ihr Gesicht zu einem spöttischen Grinsen.

»Im brennenden Höllenpfuhl...«, korrigierte sie Don Angelo.

»Du und deine Hölle! Wenn sich alle Toten, die es seit Anbeginn der Welt gegeben hat, im Paradies, in der Hölle oder im Fegefeuer herumtreiben würden, wie soll denn das bei den vielen Milliarden gehen...? Den lieben Tag lang würden sie sich die Köpfe einrennen... Den lieben langen Tag nichts als zertrampelte Füße, Flüche und zerquetschte Rippen... Streiten doch wir uns schon, die wir praktisch in einer Wüste leben...«

»Kannst du dir die Unendlichkeit vorstellen?« erwiderte Don Angelo prompt in priesterlichem Singsang.

Die Spanierin hielt einen Augenblick überrascht inne.

»Nein«, sagte sie und fügte hochmütig hinzu, »und ich will sie mir auch gar nicht vorstellen...«

»Also dann werden wir uns in der Unendlichkeit wiedertreffen!« beendete Don Angelo das Gespräch im gleichen feierlichen Ton. Dann blieb er erneut an einer Straßenecke stehen.

»Hast du's vielleicht auf der Prostata?« fragte die Spanierin.

»Ein Wehwehchen«, sagte Don Angelo und begann abermals zu urinieren. Die Spanierin hielt im Gehen inne, um auf ihn zu warten. Es war ihr nicht unangenehm, ein Stück des Heimwegs in Begleitung zurückzulegen.

»Warst du schon beim Arzt?«

»Es ist nichts Schlimmes...«

»Ein entfernter Cousin von mir wurde vor zwei Wochen operiert...«

Don Angelo winkte mit einer beschwörenden Geste ab und machte das Hörnerzeichen.

»Du könntest dich wenigstens bekreuzigen«, wieherte die Spanierin, »da du nun mal Priester bist...«

Don Angelo zuckte die Achseln, und sie gingen weiter.

»Mir scheint, daß du sowohl an Gott wie an Fra Cazzo de Velletri* glaubst«, sagte die Spanierin.

»Aber natürlich glaube ich daran, aber natürlich«, erwiderte Don Angelo rasch. »Doch du solltest dir die Heiligen und Madonnen nicht zurechtlegen, wie es dir paßt, um nachts ruhig schlafen zu können...«

»Ich schlafe tagsüber«, lachte die Spanierin. »Nachts bumse ich...«

»Du hast keine Ideale«, sagte Don Angelo ernst.

»Wen das stört, der soll mir *Ihn* nicht reinstecken!« lachte die Spanierin. »Außerdem hab' ich auch meine Ideale«, fügte sie nach einigen Schritten keifend hinzu. »Ich will nicht im Armenhaus landen, mir weder die Syphilis noch den Tripper holen, und ich würde gern alle Reichen am Galgen sehen...«

»Auch noch Kommunistin«, mokierte sich Don Angelo prompt. »Ich hätt's mir denken können... Heutzutage sind nur noch die Huren und Homos Kommunisten...«

»Bevor du das Wort Kommunist überhaupt in den Mund nimmst«, fauchte die Spanierin wie eine Wildkatze, »spül ihn dir gefälligst mit Weihwasser aus... Und das nächste Mal paß lieber auf, sonst setzt es was...«

---

* Anm. d. Übers.: Bruder Schwanz von Velletri.

Don Angelo verstummte und faßte sich instinktiv schützend zwischen die Beine. Er vermeinte förmlich, den Schmerz zu spüren, den ihm ein Tritt mit einem ihrer spitzen Pfennigabsätze verursachen würde, die dazu angetan waren, einem die Hoden zu durchbohren.

Die Nacht leistete dem seltsamen Paar, das sich die schweigenden Gäßchen empormühte, weiterhin Gesellschaft. Plötzlich zeichneten sich auf einem kleinen Platz die Umrisse einer modernen Kirche gegen den nächtlichen Himmel ab.

»Wie scheußlich!« sagte die Spanierin und pflanzte sich mit weitgespreizten Beinen auf. »Das sieht doch wie eine Markthalle, ein Parlament, ein Pissoir aus...«, und da Don Angelo nicht reagierte, setzte sie hinzu: »Dieser Kirchturm mit den häßlichen schwarzen Löchern ähnelt Mussolini, dem Saukerl, Gott hab' ihn selig...«

»Wo hast du Mussolini gesehen?« erwiderte Don Angelo. »Du warst doch noch nicht einmal geboren, als er starb...«

»Im Fernsehen...«, lachte die Spanierin streitlustig. »Jetzt ist es nicht mehr wie früher, wo die Toten für immer verschwanden und ihre Nachtkommen ihre Taten – gute oder böse – höchstens noch vom Hörensagen kannten... Jetzt kehrt die Vergangenheit wieder. Im Fernsehen werden die Toten wieder lebendig... Was sie für Verbrecher waren, da sieht man es...! Diese Halunken fallen nicht mehr der Vergessenheit anheim... Sie bleiben in der Kühltruhe wie gefrorenes Fleisch...«

An diesem Punkte hätte die Nacht der Spanierin und des Don Angelo aus einsichtigen Gründen in einem hingeworfenen Gruß wohl ihr Ende gefunden, wäre nicht plötzlich die ›Polente‹ auf der Suche nach ›Falschmünzern‹ auf den kleinen Platz eingefallen.

Die Funkstreife stoppte mit quietschenden Reifen –

ein Vorgang, der nur von jenen verursacht wird, die die Ersatzreifen nicht aus eigener Tasche zu bezahlen haben. Ein paar Grünschnäbel in Uniform sprangen heraus, um nach knappem militärischem Gruß einige Fragen zu stellen.

Peppa Palla fühlte sich zu den Ordnungshütern nicht gerade hingezogen. Doch gelegentlich vermochte sie es, sich anzupassen. Die späte Nachtstunde und die Anwesenheit des Priesters lähmten ihr jedoch die Zunge wie ungezuckerter Zitronensaft.

Es hätte schlimm ausgehen können, hätte Don Angelo nicht mit seinem Poker- und Mystikergesicht die Lage gerettet.

»Die Dame«, sagte er, »hat mich aufgesucht, damit ich ihrer Mutter die letzte Ölung gebe... Hier sehen Sie...«, sagte er und zeigte das gerade benutzte Säckchen vor, in dem das Öl und die Hostien aufbewahrt waren. »Wir eilen gerade zu der armen Sterbenden...«

Das reichte. Die Spanierin brauchte nicht einmal den Mund aufzutun. Die Polizisten salutierten und erboten sich sogar, sie in ihrem Wagen mitzunehmen.

»Danke, das ist nicht nötig, das Haus liegt gleich dort hinten«, sagte Don Angelo mit kühlem Lächeln.

Kaum hatte die Funkstreife die Jagd auf die ›Falschmünzer‹ wieder aufgenommen, blickten sich die Spanierin und Don Angelo an, und sie wußten beide nicht, ob sie lachen oder weinen sollten.

»Und was passiert jetzt?« fragte die Spanierin. »Geh' ich alleine weiter, und sie erwischen mich, dann lande ich sicherlich im Kittchen...«

»Und ich stehe als Dreckschwein da...«

»Was du vielleicht sogar bist...«, machte sie sich über ihn lustig. Aber Don Angelo war das Lachen vergangen.

Er eilte auf die Hintertür der Kirche zu und murmelte

laut vor sich hin, doch man konnte nicht verstehen, ob es sich um ein Stoßgebet oder um Flüche handelte.

»Ich kann einen Moment draußen warten...«, sagte die Spanierin.

»Das wäre ganz schlecht. Los, komm rein...«

»Wo hinein?«

»Wo hinein...! Komm endlich in die Kirche...«

Die Dunkelheit wurde noch immer von den Scheinwerfern der Funkstreife auf der Suche nach ›Falschmünzern‹ durchschnitten.

»Schön, ich komme...«, seufzte die Spanierin ergeben.

»Du tust so, als würdest du mir einen Gefallen tun...«

Peppa warf ihm einen Blick zu. Don Angelo schien wirklich wütend zu sein, doch die Spanierin besaß eine feine Witterung für echte und gespielte Wut.

»Ist ja gut, dann tust du mir eben einen«, stöhnte sie und glitt durch die kleine Sakristeitür, was von einem herzhaften Klaps auf ihren Po – vielleicht nur um ihr Mut zu machen – begleitet wurde.

Von der Sakristei aus hasteten sie im Halbdunkel ins Pfarrhaus.

»Bei Tagesanbruch kannst du dich aus dem Staub machen«, sagte Don Angelo.

»Auf Befehl des Hausherrn«, sagte Peppa mit leisem Lächeln. »Ich gehorche immer. Stehend, sitzend, mit oder ohne Unterhosen...«

»Oh, was bildest du dir ein?!«

»Ich...? Ich hab' doch überhaupt keine Bildung...! Gebildet bist du, und wenn dir etwas auf der Zunge brennt, dann schieß los«, lachte die Spanierin. »Sonst scher dich zum Teufel.«

»Da sieh einer an...! Ich rette sie vor dem Knast, und sie macht sich über mich lustig, tut sich groß...«

Noch immer lachend warf die Spanierin ihre Handtasche auf einen Stuhl und machte es sich auf einem grünen Plüschsofa bequem, über dem eine Muschel hin, in die das kitschige Motiv eines im Jordan badenden Christus gemalt war, dem Johannes die Haare wusch.

»Hör zu«, sagte sie, »falls du zu der Kategorie gehörst, die sich aufregen, die in Rage geraten muß, dann bitte ... Ich laß mich hier nieder... und warte. Ich hör' dir sowieso nur mit halbem Ohr zu...«, sie hielt inne, während Don Angelos Gesicht rot anlief. »Wen du es aber lieber mit Humor nimmst, dann fangen wir gleich damit an und haben beide unseren Spaß daran...«

»Ich versteh' dich nicht... Ich schwör' dir... im Namen Gottes...«, murmelte Don Angelo.

»Laß Gott in Ruh' und schlag deine Kutte hoch...«, erwiderte Peppa lächelnd.

»Bist du verrückt?« keuchte Don Angelo.

»Nein. Neugierig... Ich würde mir dein Reislein gern ansehen... Und wenn's dir nicht paßt, dann läßt du dein Gewand wieder fallen...«

»Das gibt's doch nicht... das gibt's doch nicht...«, stammelte Don Angelo.

»Plagt dich deine Prostata wieder? Soll ich *Ihn* dir zum Pinkeln halten?« fragte die Spanierin, die sich königlich amüsierte.

Es wurde ganz still in dem kleinen Zimmer, bis Don Angelo nach einer Weile murmelte. »Gottes Wille geschehe...«

»Du meinst wohl, dein Wille geschehe...«, lachte die Spanierin, die inzwischen mit ihren Händen tätig geworden war.

Don Angelo hatte nunmehr den kecken Ton abgelegt, dessen er sich draußen auf der Straße, als es um Worte und nicht um Taten ging, befleißigt hatte.

»Man muß keusch und aufrichtig sein«, lallte er. »Doch wie kann man in gewissen Situationen beides zugleich sein...? Die Heiligen Väter schrieben, daß man das Böse fliehen soll...! Ich würde sie gern in meiner Situation sehen...« Und während die Spanierin fröhlich ihre manuelle Tätigkeit fortsetzte, zuckte er zusammen. »Wie kann jemand, der sich in Anbetracht dieser Sünden nicht beherrschen kann, andere belehren und maßregeln wollen?«

Die Spanierin lachte selbstredend, nickte und verstärkte ihre Bemühungen.

»Wir werden alle der Unkeuschheit verfallen...« Er unterbrach sich, um lange und ausgiebig zu stöhnen. »Wir werden ihr alle zum Opfer fallen...«

»Das kann ich mit meinen eigenen zwei Augen feststellen...«, lachte Peppa.

»Du glaubst doch wohl nicht, daß ich weiterhin die Welt verurteilen kann?« wimmerte Don Angelo plötzlich.

»Das ist dein Bier«, erwiderte die Spanierin und ließ ihn los, um ihren Rock hochzuziehen, wobei sie sich an dem Bild ergötzte, das Don Angelos langes und ihr kurzes Gewand boten, die sich leicht im Luftzug bauschten.

»Nur die Heiligen können über die Welt richten«, murmelte der Geistliche.

»Jetzt beurteile erst mal mein kleines Höllchen hier«, lachte die Spanierin, die sich seiner ganz bemächtigte.

Don Angelos Hersagen der ›Acta martirium‹ ging in unnachahmliches Geheul über. Er schrie, daß die Spanierin mit ihrer dunklen und buschigen Natur der Leibhaftige selbst sei, der ihn der Verdammnis überantworte.

»Komm... Raub mir nicht den letzten Nerv...!« gab

Peppa zurück, sichtlich erregt vom Rascheln der weiten Röcke, der Unterhosen und ihrer Dessous.

Und trotz seines selbstquälerischen religiösen Furors bemühte sich Don Angelo, so gut es ging, ohrfeigte sich von Zeit zu Zeit und zwickte die Spanierin genüßlich, um sich an ihrem wütenden Aufschreien zu ergötzen.

»Bist du wahnsinnig...? Warum zwickst du mich...? O du Tölpel, glaubst du vielleicht, ich sei schlachtreif?« lachte Peppa.

Die Angelegenheit fand nach weiteren Minuten ihren Abschluß in einem zweistimmigen Seufzer, der so gewaltig war, daß die schäbige Deckenfunzel – als fände ein Erdbeben statt – drei- bis viermal hin und her schaukelte.

Danach lagen sowohl die Spanerin als auch Don Angelo einige Zeit völlig aufgelöst da.

Plötzlich sprang Don Angelo vom Sofa auf und wetterte abermals wie ein Besessener.

»Sodomiterin, Tochter Sodoms, Verführerin, verruchte... Schlange und Apfel des Paradieses, Schlammloch, Fallenstellerin, die mein Elend bewirkt, mein Schicksal besiegelt hat...«

»Leck mich am Arsch!« platzte die Spanierin hervor. »Hör endlich auf, mir die Messe zu lesen, und danke lieber für das bißchen Lust oder Schmerz, das du in dieser Nacht völlig unverhofft genießen durftest...«

»Wie werde ich morgen die Herrlichkeit Gottes loben können nach dieser Schande?!« jammerte Don Angelo mit gefalteten Händen und dem Gesichtsausdruck eines bei lebendigem Leibe gehäuteten Katers. »Ich mache mir um mich und dich Sorgen, Weib...! Laß uns hoffen, daß uns der Herr Gelegenheit zu aufrichtiger Reue gibt...«

»Was zum Teufel will denn dieser Kerl? Was will er

von mir...? Ich bin doch kein Pfaffe! Kehr vor deiner Tür!« zischte die Spanierin aufgebracht.

»Gott sagt: ›Betrachtet die Sünder nicht als Feinde, sondern als leidende Glieder, die zum Glauben zurückgeführt werden müssen, damit der ganze Leib erlöst wird...‹«

»Warum? Was stimmt denn nicht mit meinem Körper?« fragte die Spanierin, die von der ganzen Sache langsam die Nase voll hatte. »Passen dir etwa die Titten nicht oder der Hintern? Dabei hat mich Gott so geschaffen, wie ich bin...«

Don Angelo verzog den Mund zu einer leidenden Grimasse.

»Was hat das mit dem Hintern zu tun?« seufzte er. »Es geht doch um etwas ganz anderes. Selig der, der sich erinnert, daß geschrieben steht: ›Sündigt, und die Sonne wird über eurer Sünde untergehen... Betet darob, betet, betet...‹«

»Wegen mir mach dir keine Umstände«, unterbrach ihn die Spanierin schnippisch. »Ich kann mich nicht einmal mehr daran erinnern, wie das Kreuzzeichen geht...«

»Verstehst du denn nicht«, flehte Don Angelo sie an, »daß sich die Frucht des Kreuzes nur durch das Gebet in dir manifestiert und dir damit erlaubt wird, dich aus dem Abgrund deines Verderbens emporzuschwingen in die Erbauung der Vollkommenheit...?«

Die Spanierin verschränkte die Arme. Jetzt reichte es ihr. Diese geschwätzige Fledermaus wurde ihr richtig lästig.

»Hör zu«, entgegnete sie ihm mit harter Miene. »Vor einer halben Stunde kamst du vom Lager eines armen Weibes, an dessen Kopfende schon der Sargvermesser stand... Da warst du praktisch nur zwei Schritte entfernt vom Friedhof... Du triffst mich, während du pinkelst, unterhältst dich und blickst dem Leben wieder ins Gesicht... Was willst du eigentlich mehr!? Wenn du es genau wissen willst: Meine Mutter hat, als sie vom Tod meines Vaters erfuhr, erst einmal einen seiner besten Freunde zu sich genommen... Danke also Gott, daß dir ihr Glück widerfahren ist... Wenn du mich nicht getroffen hättest, wären heute Nacht auf deiner Brust nur das Salböl und unter deinem Kissen die Hostien gelegen... Haben wir unseren Spaß gehabt, ja oder nein...? Und jetzt Schluß mit dem nervtötenden Gejammere...«

Don Angelo, der sich zu Beginn der Tirade auf die Knie geworfen hatte, um sich sodann auf dem Boden zu wälzen, wand sich nun schluchzend zu ihren Füßen.

»Dann mußt du mir wenigstens die Beichte abnehmen...«, murmelte er.

Die Spanierin brach in schallendes Gelächter aus.

»Ich...? Bist du übergeschnappt?«

»Ja, du. Wie Magdalena... Du mußt mir vergeben, mich zur Gnade zurückführen...«

»Was habe ich mit der Gnade zu tun?« lachte die Spanierin. »Und was, in Teufels Namen, sollte ich dir vergeben?«

»Meine fleischlichen Todsünden...«

»Such dir einen Kollegen, einen Bischof, den Papst... Warum muß du gerade mir den letzten Nerv töten?« protestierte die Spanierin in dem verzweifelten Versuch, sich aus Don Angelos Armen zu befreien, die ihre Waden umklammerten.

»Weil du rein und ehrlich bist wie alle Sünderinnen... Du bist Taide, Salome, Judith...«

»Stell dir vor, daß ich Peppa die Dirne bin und laß mich gehn. Sonst ramm ich dir noch den Absatz ins Gesicht!« fügte sie, gleichsam als mahnendes Schlußwort, hinzu.

»Ja, ja... züchtige, zerstöre mich...«, entzückte sich prompt Don Angelo.

»Weißt du, was du bist? Du bist ein Idiot...! Scher dich zum Teufel!« kreischte die nunmehr erboste Spanierin.

Diese Beschimpfungen illuminierten den leidenden Don Angelo und linderten seine Schmerzen wie himmlischer Balsam.

»Danke... danke... mehr, mehr...«, flehte er sie an.

»Idiot, scher dich zum Teufel...«, wiederholte die Spanierin teilnahmslos, nur um ihn zu befriedigen. Sie langte über die Lehne des Plüschsofas nach ihrer Tasche und fragte: »Wo ist der Ausgang?«

»Gehst du schon?« murmelte Don Angelo.

»Warum, heiratest du mich sonst?« erwiderte sie lachend. »Komm, es wird schon hell...«

Halb betäubt legte Don Angelo mit kurzen Schritten den Weg zur Sakristei und Kirche zurück. Im Vorbeigehen öffnete er eine kleine Tür in der Wand und drehte einen Schlüssel um. Einen Augenblick später hallte Glockenklang durch die Morgendämmerung.

»Was fehlt denn diesen Glocken?« wunderte sich die Spanierin. »Sie klingen richtig dumpf...«

»Das sind Bandaufnahmen... Echte Glocken sind viel zu teuer, und dann findet man ja niemanden mehr, der sie läutet...«

»Nicht einmal kleine Jungs?«

»Die noch weniger als andere«, seufzte Don Angelo.

»Und die Alten wie du holen sich dabei womöglich einen Bruch...«, lachte die Spanierin.

Sie betraten die Einöde der Kirche.

»Wie schrecklich, das sieht ja aus wie ein Gebrauchtwarenlager...«, sagte die Spanierin und verzog dabei das Gesicht.

»Nach elf Uhr morgens, wenn die Sonne hereinscheint, wirkt es viel besser...«

»Und wenn es regnet?« erwiderte Peppa sofort, die erschauerte.

Sie durchquerten zwei Gebetsstuhlreihen und begaben sich zum Altar.

»Selbst der Altar ist ein bißchen mickrig«, sagte die Spanierin.

Don Angelo stieß einen professionellen Seufzer aus.

»Du hast recht«, nickte er. »Aber in Zeiten wie diesen leisten nur wenige Spenden...« Und mit singender Stimme fuhr er fort: »Auch nur eine Kleinigkeit... Die Heilige Mutter nimmt alles an: zehntausend, zwanzigtausend... was man geben kann...«

Peppa starrte in Don Angelos erwartungsvollen Blick. Sie steckte eine Hand in die Tasche und zog zehntausend Lire heraus.

»Hier«, sagte sie und überreichte sie Don Angelo, der das Geld mit einem leichten Kopfnicken annahm.

»Danke dir, mein Kind... Das wird dir die Türen zum Paradies offenhalten...«, sagte er.

Die Spanierin pflanzte sich mit heftiger Miene vor ihm auf.

»Und du, was wirst du spenden, um mich offenzuhalten?!« fragte sie ohne jegliche Ironie.

Don Angelo blickte sie verdattert an. »Was soll das damit zu tun haben...?«

»Es ist eine Frage in Sachen Paradies, Don Angelo. Deines ist dort oben im Himmel, meines findet man hier unten, in meinen Unterhosen...«

Und mit flinkem Griff entriß sie ihm lachend die zehntausend Lire wieder und steckte sie in ihre Tasche zurück.

Don Angelo schüttelte nachdenklich den Kopf.

»Schade«, sagte er. »Ich hatte mich wirklich über diese zehntausend Lire gefreut... Nicht der Summe, sondern des Symbols wegen... Als wäre es auf Gottes Geheiß geschehen... um etwas Nützliches zu stiften... Doch fleischliche Sünden lassen sich nicht so schnell und leicht wiedergutmachen... Düstere Lust, Verdammnis des Menschen...«

Dann ohrfeigte er sich noch ein paarmal kräftig. »Es steht nämlich geschrieben: ›Höre nicht auf deinen Körper, denn Begierde erzeugt Unzucht...‹«

Er schwieg einen Augenblick.

»Wie werde ich das morgen nur büßen...!« murmelte er schwülstig.

»Mit weiteren zehntausend Lire«, lachte die Spanierin.

Don Angelos Stimme erstickte in einem hysterischen Schluchzer.

»Dir kommt das so leicht vor...! Und wo, bitte, finde ich die zehntausend Lire...? Etwa in meinem leeren Klingelbeutel? Der Herr im Himmel legt sie mir doch nicht nächtens unter das Kopfkissen?!«

Die Spanierin stand mittlerweile schon auf der Schwelle der kleinen Seitentür, die sie vorsichtig öffnete, um nach Frühaufstehern zu spähen. Beruhigt wandte sie sich nochmals Don Angelo zu, um sich dann von diesem zu verabschieden.

»Bete, bete, Don Angelo, und du wirst sehen, daß du zehntausend Lire zusammenbringen kannst, um dich zu beruhigen.« Und dann fügte sie im Hinausgehen hinzu: »Paß auf deine Prostata auf... Geh mal zum Arzt, laß dich beraten und, falls notwendig, operieren... Lieber heute einen Schnitt als morgen die letzte Ölung... *Ciao*...« Sie schloß ganz sacht, geradezu zärtlich das Türchen.

Anmerkungen

Was, in Teufels Namen, zeichnet ihr auf euren verkackten Notizblöcken auf, Badini, Ercole, Sansavino, Emilio und D'Allevi, Enrico? Warum spielt ihr nicht mit den Papierschmetterlingen und Holzkügelchen, ihr Dummköpfe, ihr Idioten der modernen Wissenschaft? Heute ist nicht der Tag zum Muschelsuchen am Strand.

Heute hat man euch die Verfügungsgewalt über ein Menschenleben erteilt. Eure nikotingefärbten Finger können den Abfallsack an einer Straßenecke füllen oder entleeren.

Vorausgesetzt, daß eure Gehirne nicht versteinert und eure Augen nicht aus Plastik sind.

Und paßt ja auf, daß euch, während ihr die Erzählungen Giuseppe Pallas, genannt Peppa Palla, genannt die Spanierin, aufzeichnet, niemand auf den Kopf scheißt.

Das Ambiente

Das Zimmer in der Psychiatrischen Klinik ist schmal; Menschen tauchen auf, die nach einem Lächeln, nach Sensationen spähen.

Das Telefon läutet andauernd, über den ständigen Stimmenwirrwarr erheben sich Zurufe und zu lautes Gelächter.

Von Zeit zu Zeit erscheint der verwirrte Blick einer Frau, die ein vollgekotztes Hemd trägt. Eine andere entlaust sich, streckt den Kopf zur Tür hinaus, um dann laut prustend aus dem Zimmer zu rennen.

Man hört unaufhörlich das Rasseln einer Wasserklosettkette, begleitet von der Musik aus einer Jukebox, und die unmusikalischen Gesangsversuche eines Patienten, der sich als Sänger fühlt.

In dieser unruhigen Kloake setzt sich das Verhör der Spanierin fort. Sie weiß es nicht. Aber die mit bunten Papierschmetterlingen geschmückten Schränke bergen unzählige Spritzen, Pillen, Schlafmittel und halbgebratene Koteletten, die ein Pfleger in einer mitgebrachten Pfanne später aufwärmen wird.

»Und nun?« fragt die Spanierin.

»Nun erzähl uns noch etwas...«

»Erzählt ihr mir doch etwas«, lacht die Spanierin herausfordernd.

»Warum fängst du nicht an?«

»Warum fängst eigentlich du nicht an, Professor Dummkopf?«

Professor Badini, Enrico, der Angesprochene, freut sich keineswegs, als ›Dummkopf‹ bezeichnet zu werden.

Die anderen Kranken nennen ihn für gewöhnlich nur ›Professor‹. Er runzelt die Stirn, kritzelt ein paar Worte auf seinen Notizblock und reicht ihn Dr. D'Allevi, dessen Mutter aus reiner Vaterlandsliebe den beurlaubten Soldaten in der Zeit von 1940 bis 1944 Oralverkehr gewährte.

Auf jeden Fall fragt Dr. D'Allevi, Sohn einer Blasvirtuosin und selbst auch nicht ungeübt in dieser Kunst, mit strenger Stimme: »Benutzt du immer derartige Ausdrücke?« Und fügt sofort hinzu: »Hast du die erste Kommunion empfangen?«

Er zückt seinen Kugelschreiber, um die Antwort auf seinem billigen Kaufhausblock – der natürlich viel bescheidener ist als jener des Professors, der den seinen aus einem Schreibwarengeschäft bezog – zu verewigen.

»Falls es dir Spaß macht, kannst du dazuschreiben, daß dein Gesichtsausdruck blöd ist und deine Augen wie die Eier eines kastrierten Katers wirken ...«, sagt die Spanierin vergnügt.

Ihr ist es völlig egal, wie die Sache ausgehen wird. Diese drei Seelenschinder in diesem schwarzen Loch, in dieser biologischen Grube, können in ihren unterentwickelten, traurigen Gehirnen keine Alternative entwickeln. Sie sind sich nicht klar darüber, daß die Rollen vertauscht werden müßten – sie gehören an ihre, der Spanierin Stelle, und sie, die Spanierin, an die ihrige.

»Was wollt ihr also wissen?« fragt die Spanierin erhitzt und lacht herausfordernd.

»Weitere Begebenheiten aus deinem Leben«, murmelte Dr. Sansavino freundlich. »Der Stadtteil, in dem du geboren wurdest ... Deine Beziehung zu Gleichaltrigen in der Kindheit ...«

»Dann mußt du mir aber später erzählen, wie du mit der Feige deiner Frau fertig wirst«, lacht die Spanierin erneut auf.

»Ich bin nicht verheiratet«, erwidert Dr. Sansavino höflich.

»Hast du es etwa noch nie mit einer Dirne gemacht?«

»Das hat nichts mit dieser Befragung zu tun ...«

»Aber mit deinem Schwanz ...«, kichert die Spanierin. »Oder bist du immer noch so jungfräulich, wie dich deine Mutter zur Welt gebracht hat?«

»Warum gelüstet dich so sehr danach, intime Einzelheiten meines Lebens zu erfahren?« lächelt Dr. Sansavino mit kühler Wissenschaftlichkeit.

»Weil ich neugierig bin ...«

»Glaubst du nicht eher, daß du dich damit für das rächen willst, was wir hier zu erfragen trachten?«

»Wenn du wüßtest, wie egal mir deine Fragen sind.«

»Dann erzähl uns doch etwas von dir ...«, bohrt Dr. Sansavino weiter, »wenn's dir schon egal ist.«

Die Spanierin schüttelt den Kopf. »Nein«, sagt sie. »Eure Gesichter sind einfach zu dämmlich, und mich stören die vielen Zettelchen da vor euch...«

Sie klingt ärgerlich, aber ihre Laune wechselt blitzartig.

»Warum eigentlich nicht...? Schaut nicht so dümmlich drein... Ich sag' euch alles. Ich hab' nichts zu verbergen, und es schert mich nicht, was ihr von mir denkt... Aber wehe, einer von euch weint«, fügt sie drohend hinzu, »dem schlag ich die Zähne in die Eier und beiß' sie einfach ab.«

Mit dieser finsteren Aussicht lauschen Professor und Doktoren bedrückt der folgenden Erinnerung Giuseppe Pallas, genannt Peppa Palla, genannt die Kleine Spanierin.

Die Drehung

»Die Drehung ist mein Verderb«, sagte Alvaro.

Die Spanierin schaute nach. Es stimmte.

Alvaro war in bester Form gewesen, bis er sich umdrehte, um sich auf sie zu legen.

Kaum erhob er sich aus der Rückenlage, erschlaffte er plötzlich. Und das ging bereits seit drei oder vier Monaten so. Alvaro, der nichtsdestotrotz jedesmal zehntausend Lire auf das Tischchen legte, entfernte sich stets enttäuscht, unzufrieden und besorgt. Er beteuerte immer wieder, gleich einen Arzt aufsuchen zu wollen, ließ es aber in seinem männlichen Stolz doch nicht dazu kommen.

»Was soll ich dem denn sagen!« schrie er. »Daß *Er* sich zunächst aufstellt und dann, wenn ich mich umdrehen will, zusammensackt...?«

»Was ist schon dabei. Das braucht dich doch nicht zu berühren...«, erwiderte die Spanierin zärtlich.

»Ja, dann lacht er mich womöglich aus!«

»Warte...! Laß mich obenauf sitzen...«, sagte die Spanierin schließlich eines Tages – nicht ohne Zögern, denn immerhin mußte sie dabei die ganze Arbeit leisten.

Die Sache ließ sich großartig an. Der Pimmel blieb aufrecht stehen, fand seinen Weg, paßte sich wohlgemut an und stampfte bald darauf wie ein Kolben.

Alvaro lachte fröhlich, ebenso Peppa, obwohl er ihre Brustwarzen genüßlich zwischen den Fingern drückte, als seien sie aus Schaumgummi gemacht wie eine Matratze.

»Sachte...! Malträtier mir die Knöpfe nicht!« stieß sie zwischen den Zähnen hervor. Doch die Befriedigung, seine wiederhergestellte Männlichkeit zu erleben, war so groß, daß sie den Schmerz kaum spürte.

»Und jetzt...!? Was passiert jetzt?« schrie Alvaro, plötzlich totenblaß.

»Wie, was passiert jetzt?«

»Er ist wieder schlaff geworden...«

Das stimmte. Die Spanierin stieg ab, um es selbst zu prüfen.

Der Arme! Da lag er, verschämt, nachgiebig, den Kopf zur Seite geneigt wie ein angeschossenes Vögelchen.

»Was soll denn das?« rief die Spanierin mit einem verwunderten Augenaufschlag aus.

»Woher soll ich das wissen...?! Ich weiß nur, daß es passiert ist...«, sagte Alvaro erschrocken und mit Tränen in den Augen.

»Ob ich dir vielleicht nicht liege?« bot die Spanierin als Erklärung an.

»Aber mit dir hat es doch zwei Jahre lang geklappt!« ärgerte sich Alvaro. »Nein... dies ist eine ernsthafte

Krankheit... eine Art Kimakterium, Torschlußpanik...«

Sie blieben eine Weile schweigend, nackt und nachdenklich auf dem Bett liegen.

»Wie alt bist du?« fragte plötzlich die Spanierin.

»Sechsunddreißig, bald siebenunddreißig...«

»Dann kann es nicht das Klimakterium sein...«

»Wenn nicht, was dann...? Es ist Krebs... Krebs, ganz sicher!«

»Was hat Krebs mit dem Schwanz zu tun?« sprach sie mit Entschiedenheit und preßte ihren Kopf zwischen die Hände, um nochmals nachzudenken, während sie ihre kalten Füße unter die Decke streckte.

»Vielleicht ist es ein Nervenzusammenbruch...«

»Woher...? Ich tue von morgens bis abends nichts...«

»Schläfst du gut?«

»Wenn der Kellner mir keinen Kaffee bringt, schlaf ich rund um die Uhr.«

»Hast du Angst vor den Kommunisten?«

»Ich habe bereits eine Aufenthaltserlaubnis für Deutschland und einen Paß...«

Sie schwiegen beide längere Zeit unter der warmen Decke.

»Du wirst doch nicht etwa verliebt sein?« fragte ihn die Spanierin verwirrt.

Alvaro durchleuchtete kurz sein Innenleben.

»Verliebt?« sagte er und schob die Nase unter der Decke hervor.

»Nicht daß ich wüßte... Und was hätte es außerdem damit zu tun?«

»Na, ich meine eben die Einstellung... Man verabscheut plötzlich alle Pflaumen, außer der der Geliebten...«

Das Schweigen hielt diesmal sehr lange an.

»Nein«, verkünderte Alvaro schließlich, »ich glaube, daß es Krebs ist und nichts sonst weiter... Wetten?«

»Hör zu, wenn es Krebs ist, ist es Krebs, dann kann man ohnehin nichts machen... Laß uns doch zunächst mal einen weniger dramatischen Grund finden...«

Das Verhör

Die Spanierin lächelt den Professor und die Doktoren hinterhältig an. Die drei hängen an ihren Lippen, doch keiner hat den Mut, als erster den Mund aufzumachen.

Also zieht die Spanierin langsam eine Schachte dunkler Zigarillos aus der Tasche, zündet sich einen davon an, bläst den aromatischen Rauch in die Luft und raucht weiter, als sei nichts geschehen.

Es vergehen einige Minuten.

Die drei werfen sich ratlose Blicke zu, ermuntern sich gegenseitig. Schließlich ist der jüngste, Dr. Sansavino, an der Reihe, mit halberstickter Stimme die Frage zu stellen.

»Habt ihr den weniger dramatischen Grund gefunden?«

Professor Badini fingert nervös an einem Papierschmetterling herum, der auf einen Schrank geklebt ist.

»Klar wurde er gefunden«, sagt die Spanierin und raucht gelassen weiter.

Es tritt erneutes Schweigen ein, ein sehr langes.

»Welcher denn?« murmelt Dr. D'Allevi.

»Der Teufel soll euch drei holen!« prustet die Spanierin. Sie scherzt, das ist klar. Doch die drei hinter dem Tisch werden von der Bleischwere der Situation überwältigt und blinzeln unentschlossen, ob sie Strenge walten lassen, ihre Notizblöcke zuschlagen und heimgehen, oder ob sie dem derben Witz der Spanierin einfach mit falscher Fröhlichkeit begegnen sollen.

Professor Badini, dem die Ungefährlichkeit der Spanierin durchaus bewußt ist, erwidert ihr mit dem gleichen und doch schlecht nachgeahmten Gelächter:

»Klar... Der Teufel soll uns holen...! Alle drei...«, und fügt, sie mit dem Zeigefinger ermahnend, hinzu: »Ein richtiges Lausemädchen, unsere Kleine Spanierin...«

Er hat recht, Peppa wird nicht handgreiflich, sie schmeißt nicht mit Stühlen um sich, schlägt in keines der Gesichter, die in den Fleischwolf gehören. Peppa lacht und haßt nicht.

Sie weiß nicht, daß der Haß nach dem Selbstmord der Menschheit letzter Anker ist. Sie suhlt sich in der Kloake menschlichen Lebens, frißt die Scheiße und tröstet sich mit der Sonne und jenen, die ihr ein Lächeln auf die Lippen zu zaubern vermögen. Sie zieht dem Haß den Spaß vor.

Und es ist ihr völlig egal, wenn der Abfall bei ihr abgeladen wird, wenn man ihr Läuse und Syphilis unter die Matratze praktiziert.

Sie bleibt am Leben. Haßt nicht, verflixt noch mal. Ihr genügt es, diese drei Waschlappen mit ihren gezückten Notizblöcken und Kugelschreibern an der Nase herumzuführen.

Deswegen raucht sie und wird wieder sprechen. Sie hat ihren Spaß gehabt und wartet nun, um sich weiter zu amüsieren.

»Eins möchte ich klarstellen«, sagt Professor Badini schließlich mit ernster Miene, »wir kennen natürlich den wahren Grund für die Unannehmlichkeiten deines

Freundes... Diese Art sexueller Ausfallerscheinung ist sehr häufig... Uns interessiert also eher deine Reaktion darauf, deine Interpretation...«

»Tu doch nicht so großkotzig!« faucht ihn Peppa an. »Wenn du alles weißt, dann spuck, scheiß, piß es raus...«

»Es ist der völlig normale Fall einer durch ein psychisches Trauma verursachten kohabitativen echten Impotenz...«

Die Spanierin versucht zunächst die schwierigen Ausdrücke des Professors zu verdauen und schüttelt dann ungläubig den Kopf.

»Du magst recht haben... Doch für mich liegt die Wahrheit woanders begraben...«

»Habt ihr es mal mit einer anderen Frau probiert?«

»Ich hab' ihm ein Dutzend vorgeschlagen, alle von der schnellen Sorte...«

»Ergebnis?«

»Null Komma null, null...«

Es folgt ein Schweigen, ein kurzes.

»Eine Hormonkur und eine Behandlung mit Disinhibitiva«, fährt Professor Badini fort, »hätten Alvaro wiederherstellen können...«

»Kanntest du ihn?«

»Nein, warum?«

»Weil du ihn Alvaro nennst, als hättest du mit ihm im Sandkasten gespielt...«, lachte sie.

»Ich habe seinen Namen deiner Erzählung entnommen...«

Die Spanierin nickt und sagt nichtsdestotrotz:

»Liebster Professor, was du eben gesagt hast, war große Scheiße...«

»Meinst du...? Wirklich?«

»So wahr ich hier sitze...«

»Weißt du, wie Alvaro es schaffte...? Wenn er sich vor dem Spiegel einen runterholte, während er mich befingerte...«

Schweigen, nachdenkliches.

»Hast du ihn je gefragt, was er in diesen Augenblikken dachte?« fragt Badini.

»Nichts...« Sie hält inne. »Er hatte Angst zu sterben...«

»Während des Sexualverkehrs?«

»Nein, irgendwann... An irgendeinem Tag... Vielleicht in zwanzig oder dreißig oder fünfzig Jahren... Er wußte, daß er eines Tages dransein würde, und nur, wenn er sich lebendig und aufrecht im Spiegel sehen konnte, beruhigte er sich und konnte weitermachen...«

»Und wenn er auf dir lag?«

»Dann blickte er mich an und sah sich nicht«, murmelt die Spanierin, plötzlich ernstgeworden. »Dann sah er nur mich, dachte, daß er vielleicht im nächsten Augenblick tot sein würde und wurde sofort schlapp...« Sie hält kurz inne. »Das arme Schwein sprach immer vom Tod... Er sagte, er habe ein gallengelbes Gesicht, einen Totenschädel und zwei dürre Knochenbeinchen mit langgezogenen Zehen wie ein Kuhschweif... Er sagte, seine Augen seien wie schwarze Kohlen, er lache immer und man wisse nie, über was er lache...«

Professor und Doktoren notierten hektisch das Gesagte.

»So, wie er ihn beschrieb, sieht er euch dreien ähnlich, wenn man das bißchen behaartes Fleisch abzieht, das ihr mit euch herumschleppt...«

Die drei springen auf. Die Spanierin lacht.

»Wir sprachen gerade von Alvaro ...«, sagt Dr. Sansavino leise.

»Ihr habt die Hosen auch gestrichen voll, nicht wahr ...? Genau wie Alvaro!« seufzt die Spanierin. »Bloß mir ist es scheißegal, daß in mir ein Skelett wohnt, das mit mir herumläuft und nur darauf wartet, daß ich mich nicht mehr rühre, mit Blumen geschmückt daliege, wodurch es Herr der Lage wird ...« Ihr Gelächter läßt die drei erschauern. »Später geht's ihm ja auch an den Kragen ... Ganz sicher, da gibt's keinen Pardon ... Wart ihr schon einmal dabei, als ein Grab nach einigen Jahren geöffnet wurde ...? Was findet man da vor? Ein paar Hühnerknöchelchen und ein bißchen Staub, der beim ersten Windstoß in alle vier Himmelsrichtungen gepustet wird ...«

Zähneklappern, dann erneutes Schweigen des Professors und der Doktoren.

»Und Alvaro?« fragt Dr. D'Allevi schüchtern. »Hat er weiter onaniert?«

»Nein ... Er ist tot ...«, sagt die Spanierin.

»Seit wann?« fragt Professor Badini, trotz allem erschrocken.

»Seit etwa anderthalb Jahren ...«

»An welcher Krankheit starb er?«

»An keiner. Man hat ihn erschossen ...« Sie hält inne. »Während er im Auto saß.«

Sie lächelt zurückhaltend.

Grundsatzgespräch zwischen der Spanierin und Alvaro

Die Spanierin hatte sich auf ihre Art und Weise in Alvaro verliebt. Sie amüsierte sich über das selbstsichere und respekteinflößende Gehabe des jungen Mannes, der sich im kritischen Moment vor einem Spiegel aufpflanzte und wie ein dreizehnjähriger Knabe Hand an sich legen mußte.

»Hast du wirklich soviel Angst vorm Sterben?«

»Schreckliche...« Alvaro zog sich langsam die Hosen an. »Sie hat mich plötzlich eines Nachts befallen... Ich bin aufgewacht und dachte: ›Wen kümmert es schon, wenn ich sterben? Mich selbst – kaum! Mutter und Vater sind schon begraben, Kinder hab' ich keine, eine Ehefrau auch nicht... Würd' ich doch einfach einschlafen, für immer...‹«

Die Spanierin hatte dabei völlig vergessen, sich anzuziehen. Sie lag splitternackt auf dem Bett, den Kopf in die Hand gestützt, die Augen weit aufgerissen.

»Hattest du zuviel gegessen an jenem Abend...? Zuviel Wein getrunken?«

»Ach was, alles in normalen Maßen...! Anfangs hatte ich keine Angst... Ganz im Gegenteil. Am nächsten Morgen aber wach' ich auf und häng' schon wieder den gleichen Gedanken nach. ›Warum leb' ich überhaupt noch? Was liegt mir schon am mir? Hoffentlich bin ich heute nacht dran...‹« Er schweigt. »Ich bin den ganzen Tag zu Hause geblieben und hab' aus dem Fenster geguckt, um zu sehen, wie sich die Zeit abnutzt: der Morgen, der Mittag mit der prallen Sonne; nachmittags dann die Schlangen vor den Geschäften, die Heimkehrenden, und dann hab' ich mich, ohne auch nur etwas zu essen, ins Bett gelegt und bin gleich eingeschlafen...«

»Dir war aber nicht schlecht?«

»An dem Tag nicht... Am nächsten Tag hab' ich mich zum erstenmal als Leiche gesehen. Aber nicht so, wie ich mir das vorstellte – sanft, melancholisch, träumerisch – nein, so richtig, verstehst du...? Niedergestreckt im

Sarg mit ein paar in Tränen aufgelösten Gestalten um mich, und dann hoben sie mich in die Grube, schütteten Erde darüber, und alsbald war es zappenduster...« Er verzog das Gesicht. »Ich hab' Durchfall bekommen...! Mußte alle paar Minuten aufs Klo rennen. Ich dachte: ›Jetzt krepier' ich noch hier auf der Schüssel... Jetzt sterb' ich wirklich, wie der, den ich beim Begräbnis gesehen habe und der ich war...‹«

»Aber es gefiel dir doch noch am Tag zuvor?«

»Was hat das zu sagen!? Plötzlich hat es mir nicht mehr gefallen!« schrie Alvaro nervös. »Ich hatte plötzlich kapiert, daß es nicht von mir abhängt..., daß auch ich, egal ob jung und reich, eines Tages krepieren muß...! Ich hatte den Teufel im Leib und entleerte mich weiter auf dem Klo. Nach zwei Stunden war ich ein Wrack.«

»Für mich bist du verrückt«, lachte die Spanierin. »Da hattest du schließlich kapiert, daß du nichts daran ändern kannst...«

»Das ist ja der springende Punkt, du dumme Kuh... Angenommen, ich will nicht sterben. Angenommen, ich sage: Ich zahle, sterbe aber nicht... Was passiert dann?«

»Du stirbst trotzdem...«

»Verstehst du denn nicht, du Nutte, daß das genauso ist, als hätte man mich kastriert? Ich bin von einem anderen, nicht von mir selbst abhängig... Das ist schlimmer, als hätte man mir die Hände, die Beine abgeschlagen, die Augen ausgestochen...«

»Das passiert doch allen...«

»Was schert es mich, was den anderen passiert!?« schrie Alvaro außer sich. »Wozu hab' ich das ganze Geld...? Warum bin ich Alvaro und nicht Guglielmo...? Warum bin ich so groß, wie ich bin, hab' das

Gesicht, das ich habe, meinen Arsch und kann mich ohne Hilfe bewegen...«

»Du willst also nicht zur Masse gehören?« lachte die Spanierin.

»Das kannst du wohl annehmen«, schrie Alvaro. »Wenn ich einer von vielen sein soll, dann geb' ich auf...«

»Hast du's schon probiert?« lachte die Spanierin, die die Angelegenheit auf die leichte Schulter zu nehmen trachtete.

Alvaro konnte ganz schön grob sein. Der Schlag, der sie an Kinn und Hals traf, betäubte sie eine halbe Stunde lang. Als sie wieder zu sich kam, war Alvaro verschwunden.

Die Spanierin schenkte der Sache weiter keine Aufmerksamkeit, doch just nach dieser Züchtigung fing Alvaro an schlappzumachen, wenn er im Bett die Stellung wechselte. Zum Glück sah er sich unvorbereitet beim Mitesserausdrücken vor dem Spiegel – nackt und mit aufrechtem Schwanz. Er versuchte es zwei-, dreimal, lud sich auf und wieder ab und konnte endlich aufatmen und gelegentlich sogar lachen.

Ende des Gesprächs über Alvaro mit den Ärzten

»›Der Tod‹, sagte Alvaro, ›ist gerissen...!‹« murmelt die Spanierin mit einem Lächeln, das sie zur Abwehr aufsetzt. »›Er verkleidet sich wie an Karneval... Deswegen hab' ich Angst vor ihm... Wie kann man ihn erkennen?‹«

»Das war eine Art paranoischer Wahn...«, flüsterte Dr. D'Allevi im Psychiatertonfall.

»Er verkleidete sich selbst in jener Nacht«, fährt die Spanierin fort, die D'Allevi nicht gehört hat und sich mithin ein ›Scher-dich-zum-Teufel‹ sparen kann. »Er hatte meine Wohnung nach der üblichen Spiegelung verlassen... › Ich ruf' dich an, Kleine Spanierin‹, hatte er mir noch von der Tür aus zugerufen, wo er die üblichen zwanzigtausend Lire auf dem Tischchen liegenließ... Unten stand sein neues Auto, das er erst vor drei Tagen gekauft hatte. Er war kaum eingestiegen, als zwei häßliche Gesichter aus der Dunkelheit auftauchten. ›Bist du es, Carlo?‹ fragt der eine. ›Nein‹, erwidert er, ›ich bin Alvaro...‹ Die beiden lachen schallend. ›Laß dich nicht auslachen, Carlo...‹, sagen sie. ›Lacht ruhig, aber ich bin Alvaro... Alvaro Ciancotelli...‹ Er will seinen Führerschein aus der Tasche ziehen... Seine Hand hat noch nicht einmal die Hosentasche berührt, da haben sie ihn schon wie ein Häkeldeckchen durchlöchert mit ihren Knarren. ›*Ciao*, Carlo, mach's gut...‹, sagt einer der beiden, und sie machen sich aus dem Staub.« Peppa schweigt eine Weile. »Sie haben erst am nächsten Tag aus den Zeitungen erfahren, daß sie irrtümlicherweise Alvaro... Alvaro Ciancotelli, umgebracht hatten, während sich's Carlo irgendwo wohl sein ließ...«

»Woher hast du das alles erfahren?«

»Bei uns gibt es keine Geheimnisse...«, weicht ihm die Spanierin aus. »Was tut das schon zur Sache? Alvaro ist tot, kann sich keinen mehr runterholen, und ich habe mindestens zwanzigtausend die Woche, noch dazu von einem sympathischen Burschen, verloren...« Sie seufzt, lacht. »Er hatte nicht zu Unrecht Angst, auch wenn ich meine, daß die Angst ein schlechtes Vorzeichen ist... Es gibt immer jemanden, der einen für einen anderen hält – mit allen Konsequenzen...«

»Ich glaube, ich kann mich daran erinnern, etwas über

diesen Alvaro Ciancotelli gelesen zu haben...«, flüstert Dr. Sansavino Professor Badini zu.

»Du hast darüber gelesen, ich aber habe es gesehen«, faucht die Spanierin. »Ein Sieb...« Sie lacht aggressiv auf. »Hätten sie nicht einen von euch mit dem Typen verwechseln können...? Oder gleich euch alle drei...? Der Sieb-Look würde euch gut zu Gesicht stehen... Und man hätte von euch in den Zeitungen berichtet, wie über Alvaro...«

Sei vorsichtig, Kleine Spanierin. Diese Leute schlukken den Dreck und lächeln dazu von Berufs wegen. Doch jedes Wort, jede Beleidigung wird in ihre Notizblöcke gemeißelt.

Ich weiß, daß du dir einen Spaß daraus machst. Doch das könnte dich teuer zu stehen kommen.

»Wann kann ich endlich abhauen?« fragt die Spanierin. »Von dem langen Herumsitzen haben sich meine Hämorrhoiden entzündet...«

Fünf Minuten Pause

Die Sitzung wird unterbrochen. Man raucht im Gang.

Die Spanierin verlangt ein Glas kalten Weißweins, bekommt aber nur eine Limonade ohne Kohlensäure. Sie wirft sie Dr. Sansavino an den Kopf, der fast die Brille und ein Auge einbüßt.

Daraufhin nähert sie sich dem Kaffeeautomaten neben der Jukebox, der hundert Lire frißt, um eine dunkle Brühe zu pinkeln, die kein Kaffee ist, vielmehr ein ekelerregendes Malzgebräu ohne Zucker.

Die Spanierin schüttet zwei Becher davon hinunter. Innerhalb von Sekunden umzingeln sie Gesichter, Gesten, Hände, die um einen Kaffee betteln. Die Patienten lächeln, schneiden Grimassen, sehen sie mit flehenden, verwirrten Blicken an.

»O. K.«, sagt sie und verteilt Kaffeebecher.

Während Professor und Doktoren miteinander tuscheln und sich schon über etliches einig geworden sind, wird die Spanierin zum leuchtenden Stern für hundert Krankenhäusler, die aus allen Himmelsrichtungen herbeigeeilt sind. Leute, die noch nie in ihrem Leben eine Muschi wie die ihre, einen Hintern wie den ihrigen oder Titten wie die ihren gesehen haben.

Patsch, und schon sitzt der erste Klaps auf ihrem Po.

»Mach ruhig weiter, faß an!« schreit die Spanierin fröhlich und schlürft das Abwaschwasser. »Lang hin... So jung wie heute kriegst du mich nicht noch einmal...«

Lachend steigt sie auf einen zerspellten Rohrstuhl und springt auf einen klobigen Holztisch mit riesigen hellblauen Flecken. Frohen Mutes bietet sie sich den gierigen Händen der Kranken wie ein soeben enthülltes Denkmal dar.

»Hier werden Ständer verschenkt«, schreit sie, »heute nacht gibt's Ständer gratis... Wer kann, der kann! Alle umsonst...«

Der Andrang verdichtet sich, doch die Menge bleibt ruhig und wohlgesittet. Niemand drängelt. Jeder wartet geduldig, bis er hinlangen darf.

Keiner protestiert, niemand streitet sich.

Die Krankenpfleger stellen sich ebenfalls ordentlich auf, lächeln zufrieden, wenn sie sich die Hände am Hintern der Spanierin gewärmt haben, deren Absätze wie die einer Flamencotänzerin den Takt klicken, während sie von einer Seite zur anderen wirbelt, den Rock so hoch fliegen läßt, daß kaum noch etwas zu erraten bleibt und dabei schreit:

»Immerzu! Nur Mut...! Arsch und Schenkel für alle!

Die Titten für die Großen ... Die Spanierin steht zur Verfügung ... Ich möchte Sie gefälligst darum bitten: Heute nacht müssen die Mauern erbeben ...! Zertrümmert die Fenster, zerfetzt die Betten! Erinnert euch für immer an die schöne, junge Spanierin ...«

»Wer wird sie vergessen können?« schreit einer.

»Ich nie!« schreit ein anderer.

»Mein Schwanz wird's dir auch nicht vergessen«, fügt ein weiterer hinzu.

Alle lachen, amüsieren sich und scheinen fast glücklich zu sein.

»Das ist besser als im Kino ...«, sagt ein Winzling.

»Und ohne Eintritt zu bezahlen!« schreit einer, der am ganzen Körper zittert.

Schade, daß plötzlich das heisere Glöckchen bimmelt. Das Fest ist zu Ende. Alle kehren an ihren Platz zurück.

Und Dr. Sansavino, der der Spanierin wieder gegenübersitzt, fragt sie mit ernster Stimme, so als handle es sich tatsächlich um eine ernste Angelegenheit:

»Könntest du uns etwas über deine Mutter erzählen?«

»Uff, Mama, die alte Hure!« murmelt die Spanierin, plötzlich völlig ernüchtert.

Die Mutter der Kleinen Spanierin

Die Spanierin hatte sie an einem Freitag im Monat Juni besucht.

Am Rande des Kiesweges ragten steinerne Grabmale hoch, auf denen Namen mit den Geburts- und Todesdaten verzeichnet waren.

Da sah man: Blumen, Witwen, Hurensöhne, Diebe, Penner, Schwarzgekleidete, Töpfe und verrostete Konservenbüchsen, die man am Brunnen auswusch, bevor man Nelken und Margueriten hineintat. Am Himmel stand der Feuerwagen, Hitzepfeile zuckten hernieder, und tausend heimatlose Schmetterlinge flatterten umher. Die Spanierin schwitzte mit knurrendem Magen. Und so fischte sie, noch bevor sie das Grab erreichte, das Schinkenbrötchen aus ihrer Tasche und biß gierig hinein.

»Ist auch schon egal«, sagte sie. »Mutter, Gott hab' sie selig, sagte das immer: ›Ist auch schon egal.‹«

Die Luft roch nach Picknick auf dem Lande. Und Teresa, ihre Mutter, hatte noch auf dem Sterbebett gegeifert:

»Sieh zu, daß du bei deinen paar Besuchen ja nicht Brot, Schinken und kühlen Wein vergißt. Wenn du kommst, mußt du deinen Spaß haben. Fang ja nicht an, wie die anderen Klagen und Krokodilstränen über meinen Knochen zu vergießen... Im Leben hab' ich genug Klagen gehört... Hab' ungezählte Injektionen mitgemacht, und während ich die Spritze leerte, hat so manch einer geschrien, als stäke er am Spieß... Und das Gekreische der Gebärenden... Und dann dieser Verbrecher, dein Vater, Gott hab' ihn selig, der hatte nichts als Flausen im Kopf: Faschismus, Kaiserreich, Mussolini, das schwarze Hemd, Gaunermiene, ›... wir müssen uns im Ausland Respekt verschaffen...‹« Sie seufzte. »Und wir hatten vom Ausland noch nicht einmal die Vatikanstadt gesehen... Dein Vater war verrückt... Er war ganz vernarrt in den Faschismus, weil er so gern herumkommandierte – den Sohn des Buchhalters, den Sohn des Hausmeisters und den Kellner aus der Bar an der Ecke. Der Römische Gruß und das ›Ihr‹ imponierte ihm sehr...!« Sie schüttelte den Kopf. »Als der Krieg ausgebrochen ist, mußte er sich als Freiwilliger melden, sonst wär' man übel über ihn hergezogen, oder vielleicht hätt's sogar

Schläge gesetzt... Der arme Sack! Der machte sich in die Hosen vor lauter Angst. Er sagte: ›Glaubst du, daß sie schießen?‹ – ›Woher soll ich das wissen?‹ sagte ich. Um sich Mut zu machen, schwärmte er lauthals von den tollen Nummern mit den großartigen Französinnen, verkündete, die Engländer seien Hosenscheißer und würden die Flucht ergreifen, sobald sie Mussolinis Namen hörten... Angesichts der ersten Kriegsopferliste schrie er wie ein Irrer: ›Heute Malta, morgen Alexandrien, und vor Ende des Monats kacke ich in Paris...‹ Als nichts passierte und die Deutschen in Paris kacken durften und nicht wir, lag er schon als Dünger auf den Erdnußfeldern von Alexandrien, weil ihm ein griechischer Hurensohn eine Kanonenkugel in den Bauch gejagt hatte, so daß man keinen Fetzen mehr von ihm fand.«

Also sprach die Mutter der Spanierin, Teresa Palla, während sie ihre Kohlsuppe kochte, über deren Geruch sich das ganze Viertel beschwerte.

»Mir schmeckt's«, sagte sie. »Und wem der Geruch zuviel wird, der soll ausziehen...«

Und dabei lachte sie.

Sie war ihrem schrulligen Ehemann treu geblieben. Hatte nie wieder geheiratet und hatte Peppa, die fünfzehn Jahre nach dem Tode ihres Vaters auf die Welt kam, nach ihm, Giuseppe benannt.

»Wehe dir, wenn du mir nach meinem Tod mit den Klageliedern des Propheten Jeremias auf die Nerven fällst – die die Würmer dann ohnehin schon angefressen haben. Wenn du Zeit hast, komm rasch vorbei..., aber singe, iß und trink. Sonst bleib lieber zu Hause... Tränen bringen die Menschen um, und ich will nach dem Tode weiterleben...«

»Wie es dein Wunsch ist...«, dachte die Spanierin lachend unter dem blauen Himmel, den unzählige Flugzeuge durchkreuzten.

Sie hielt sich kurz an einer Statue fest, die über einem blumengeschmückten Grab thronte, deren Filmstargesicht der Erde zugeneigt war und die eine Lampe mit bronzener Fackel hielt.

»Wen will die wohl hinters Licht führen?«

Die Spanierin lächelte, hängte ihre Tasche an die Bronzefackel und brauste auf, als ihr ein Spaziergänger böse Blicke zuwarf:

»Was glotzt du so blöd...? Das ist mein Grab... Willst du dir nächster Woche einen Platz mieten?«

Sie sagte es lachend, aber der Spaziergänger machte sich eiligst und mit ängstlichem Blick aus dem Staub.

Ein Zeitungsfetzen auf dem Boden zeigte die Gesichter zweier Ganoven, die ein Kind entführt, es dreißig Tage in einem Schuppen versteckt gehalten, das Lösegeld eingestrichen und die Leiche des Kleinen dann in eine Senkgrube geworfen hatten.

Der Artikel stammte von einem empörten Journalisten, und auch die mehr oder weniger Schwarzgekleideten auf dem Friedhof empörten sich lauthals darüber.

Die Spanierin nicht so sehr. Sie biß begierig in ihr Brot, kaute und sagte zu sich:

»Schau dir diese kuriose Welt an! - Ja, kurios und beschissen ist sie. Doch da wir auf ihr leben müssen, halten wir halt aus«, dachte die Spanierin. »Wenn man Artikel schreibt und sich aufregt, löst man übehaupt nichts. Da man die Welt nicht ändern kann, soll man sich da vielleicht wundern, daß Leute kleine Kinder klauen, sich für diese Lösegeld zahlen und ihnen ein Begräbnis zuteil werden lassen, wenn sie tot sind?

Die Welt ist ein Bordell, und selbst das Hurendasein ist gefährlich geworden. Entweder man begehrt auf, oder man fügt sich. Sich aufzuregen hat keinen Sinn. Wer sterben muß, stirbt – die Reichen mit ihren Millionen und die armen Schlucker ohne eine Lira. Die Leute sind es leid, nicht töten zu dürfen, also bringen sie den nächstbesten um. Außerdem, was soll das Gejammere, nur weil es Kinder sind«, sagte sie sich und nahm einen weiteren Biß von Brot und Schinken. »Was soll der Quatsch...? Die Kleinen leiden doch weniger, weil sie noch keinen Geschmack am Leben gefunden haben... Mich würde es heute mehr stören, sterben zu müssen, als mit drei Jahren, zum Teufel noch mal...«

Und dann malte sie sich aus, vielleicht wegen der zahllosen Flugzeuge am Himmel, wie es sein würde, wenn man sie eines Tages in einem Flugzeug als Geisel nehmen, ihr eine Pistole auf den Hintern drücken und sie von einem Flughafen zum anderen fliegen würde, während man zum Austausch für sie sieben oder acht internationale Bombenleger forderte.

»Eine schöne Weltreise wäre das«, sagte sie sich mit leuchtenden Augen beim Gedanken an all jene, die sie treffen, und an die Tatsache, daß sie nur noch Dosennahrung zu sich nehmen würde: Thunfisch, Coca Cola, Marmelade und Zwieback.

Um sie herum achteten die Kinder nicht auf die Gräber und haschten sich lauthals schreiend, um jedem eine lange Nase zu drehen, der der heiligen Stätte wegen protestierte.

»Und was passiert, wenn mich dann die Bombenleger nicht freigeben?« dachte die Spanierin und rieb sich den Arm, gegen den gerade ein Mädchen gestoßen war, das eine Puppe trug, die lachen, weinen, sprechen und pinkeln konnte wie ein richtiges Kind. »Was passiert dann...? Wo werden sie mich hinschaffen...? In welcher Wüste werden sie mich begraben?«

Aus ihrer Tasche fiel die ausgediente Bierflasche, die mit Weißwein abgefüllt war. Ein Schluck zum Probieren. Sie spuckte ihn aus – der Wein war warm.

Sie zuckte die Achseln.

»Im Grunde ist es doch egal, wo man sich den Bauch vollschlägt... Ist doch scheißegal!« Die Spanierin gewann ihre gute Laune zurück. »Ich reise ja sowieso nur mit einer Pinzette für die Augenbrauen und ein bißchen Crème gegen aufgesprungene Lippen... Die Zahnbürste kaufe ich am Ort...«

Ihr war die Lust nach der Weltreise schon wieder vergangen, und diese lausige, verlotterte Stadt, von Gott und tausend Madonnen gezeichnet, war abermals ihre einzige Welt auf Erden.

»Hm? Was will ich eigentlich?« dachte sie.

Die Spanierin blieb stehen.

Hier war es plötzlich ruhig, keine Kinder mit ihrem Fußball, keine jungen Männer mit ihren Bräuten, keine Witwer mit ihren Tränen. Sie war allein.

Und vor ihren Augen erstand das Bett ihrer Mutter. Die lag im Sterben und schien doch gerade geboren zu werden. Sie lachte sich halbtot mit dem bißchen Atem, was ihr noch blieb.

»Geliebte Peppa, man kann doch nicht einfach sterben, nur weil einem die Stunde geschlagen hat...«, lachte Signora Teresa Palla. »Gottlob, daß mir meine Freundinnen hier den Tag versüßen... Jetzt kommt dann noch Don Mariano...«

Sie war dabei, sich von der Erde zu lösen, und war doch richtig scharf auf ein Spielchen Briscola.

»Komm, wer teilt die Karten aus?« Sie löste sich in ewige Einsamkeit und Zerfall auf und fragte unablässig: »Brauchst du einen Trumpf...? Kommst du mit einer Briscola raus...? Hast du eine Dame?«

An diesem Punkt hätte die Spanierin sie wie eine Serviette zusammenfalten und in die Schublade der Erinnerungen stecken sollen. Doch wie sollte man, wenn man noch das Klirren ihrer gegen das Wasserglas klappernden Zähne hörte und noch das belustigte Aufleuchten ihres verzerrten Gesichtes sah, während die anderen um sie herum beteten?

»Was betet ihr? Für euer Seelenheil etwa!? Ich brauche keine Gebete!« schrie Signora Teresa Palla. Ihr Gesicht wirkte wie ein Schweißtuch, und sie regte sich noch immer auf.

»Hört auf, ihr beschwört mein Unglück herauf...! Zum Teufel mit euch allen...! Wer hat beschlossen, daß ich sterben werde...? Denkt lieber an euren eigenen Platz im Himmel, um den meinen kümmere ich mich selber, ganz allein, den handle ich selbst mit Gott aus...« Und zu ihrer Spielpartnerin: »Mach schon, wirf ab! Mach dir nicht in die Hosen...!«

Und so starb sie, während sie auf ein Karo-As wartete, das sie nie mehr zu Gesicht bekommen sollte, wobei sie ihre Gewinnkarten auf das Kissen abwarf, das als Tisch diente. Sie starb glücklich, weil sie in Gedanken schon die Punkte gezählt hatte und sich ihres Sieges gewiß sein konnte.

»Gute Mutter, mich hast du am Leben erhalten...«, murmelte die Spanierin vor dem backofenähnlichen Grabmal, in das man Teresa Pallas eingemauert und das man mit Vor-, Nachnamen, den Geburts- und Sterbedaten, einem ›Ruhe in Frieden‹ sowie einem Miniaturrahmen versehen hatte, in dem ein vergilbtes Foto steckte, das Signora Palla dabei zeigte, wie sie die Ausgrabungen in Pompeji besichtigte. Sie besaß ein hübsches rundes Gesicht, blinzelte wegen der starken Sonne unter dem breitkrempigen Strohhut mit der Schleife hervor und trug einen Rock aus rosafarbenem Tuch, an den sich die Spanierin noch gut erinnern konnte.

»Du hast mich nicht Hungers sterben lassen«, sagte sie Spanierin in einem Anflug von Zärtlichkeit.

Sie strich mit der Hand über das Glas, das die Fotografie schützte, und wischte den Staub ab, der sich darauf gelegt hatte. Dann putzte sie sich die Finger an ihrem Kleid und brach in Gelächter aus.

»Ach, warst du komisch in dieser Pose!«

Von der Zementwand antwortete ihr ein Gelächter, das wie das ihrige klang – wie ein Echo.

»Also, ich sag' Ade... Ich geh' noch ein bißchen spazieren... Der Bus fährt in einer halben Stunde... *Ciao, Mama...*«

Sie warf mit der Hand eine vage Abschiedsgeste in die Luft und ging. Die Kinder lärmten wieder, als würden sie auf der Straße spielen.

Fröhliches Gelächter erfüllte die Luft, die schwer vor Hitze auf den Gehirnen aller lastete.

Nach kurzem Herumirren gelangte die Spanierin zu einem Brünnlein und trank von dem frischen Wasser, das ihre Lebensgeister wieder weckte.

Sie wischte sich die Lippen mit dem rechten Handrücken ab und drehte sich, noch immer beschwingt von dem heiteren Beisammensein mit ihrer Mutter, demjenigen zu, der da rief:

»*Signorina...*«

Es handelte sich um einen mittelgroßen Burschen, der einen grauen Anzug trug und um den Kragen ein schwarzes Schnürband. Er reichte ihr das Taschentuch, das ihr heruntergefallen war. Alles bestens, danke. Alles in Butter. Den hat mir Mama geschickt, damit ich die Rückfahrt nicht im Autobus mit all den schlafenden oder quengelnden Kindern machen muß.

»Zehntausend, frisch aus dem Portemonaie... Vielleicht verlange ich sogar zwanzigtausend...«, sagte sich die Spanierin, während er, den Blick geradeaus auf die Straße gerichtet, ohne ein Wort zu sagen fuhr.

»So hab' ich angefangen«, erinnerte sich die Spanierin plötzlich lächelnd. »Das erste Mal war es genauso wie jetzt... Mit dem Unterschied, daß ich nicht vom Friedhof kam..., aber es gab jedesmal ein Auto, ich hielt stets die Hände im Schoß wie jetzt, und der jeweilige Mann sprach nicht, hielt die Augen auf die Straße geheftet...«

Die Spanierin war ein wenig gerührt.

»Was soll ich machen? Aussteigen und das Jubiläum feiern? Soll ich ihn zu einer anderen schicken?« dachte sie. »Warum? Was hat er verbrochen... Damals war ich schließlich auch aufs Geld aus...« Und nach einer Weile: »Und wenn ich ihn zum Essen einlade...? Er bezahlt mich und ich das Abendessen – Flaschenwein und einen Fernet zum Abschluß...«

Sie mußte lachten.

»Warum lachen Sie...? Bring' ich Sie zum Lachen?« ergriff der Fahrer das Wort.

Der andere, der erste, hatte überhaupt nicht den Mund aufgetan. Bis sie in einen Feldweg einbogen, da hatte er hastig gefragt: »Kannst du es mit dem Mund?«

»Ich kann's probieren«, hatte die unerfahrene Spanierin zögernd entgegnet.

»Dann nimm lieber die Hand, komm...«

Und während ihn die Spanierin bediente, frohen Mutes, weil alles so glatt gelaufen war, schob er ihr eine Hand ins Höschen.

Die Spaniern stieß einen Schrei aus:

»Ah, Verbrecher!«

Doch ihm war's schon gekommen. Er fingerte noch ein bißchen an ihr herum, zog dann seine Hand wieder hervor und steckte ihr fünftausend Lire zu.

»Tut dir deine Pussi weh?« fragte er mit einem dreckigen Grinsen.

»Verreck...! Du hättest mich beinah kaputtgemacht...«

»Das freut mich... das freut mich«, kicherte der Kerl äffisch.

»Ach so, ich hab' Schmerzen, und du freust dich darüber?!«

»Komm, so schlimm kann's nicht gewesen sein... Nur zwei Finger...«

»Abfaulen sollen sie dir«, schrie die Spanierin und ohrfeigte ihn heftig mit der Hand, die krampfhaft das Geld umklammerte.

Doch er lachte weiter, als habe sie ihn gerade geküßt.

»Schätzchen«, sagte er, »wie schön du es kannst... Sollen wir es noch einmal machen!?«

Über ihrem Ärger hatte die Spanierin völlig den Schmerz vergessen. Doch jetzt tat es ihr wieder weh, und Tränen schossen ihr in die Augen.

»Du Gauner... du spinnst wohl... bring mich sofort zurück...«

»Zu Ihren Diensten, was darf's denn sein? Bart und Haare, mit hohem oder tiefem Absatz, bitte?« sagte er noch immer lachend und legte den Gang ein. »Haarkur, Shampoo, Fönwelle und einen kecken Schwanz...«

Er amüsierte sich, alberte herum, lachte. Er hätte dabei beinahe den Schluckauf bekommen.

»Bist du etwa Friseur?« fragte ihn die Spanierin.

»Ich...? Bist du wahnsinnig?« empörte sich ihr erster. »Ich hab' schließlich einen Fernseher...«

Der hier vom Friedhof war ein ganz anderer Typ.

Der Abschied

»Laß mich leben, Mama, laß mich in Frieden leben... Röchle nicht so... Soll ich dir die Schüssel bringen? Mußt du erbrechen?«

»Was soll ich schon kotzen? Den Atem etwa, der mir auch bald nicht mehr bleiben wird...? Komm, lach, mach Musik, verdammt noch mal... Sing ›Volare‹, Peppa... Mach schon... ›Volare, Oh, Oh... Volare, Oh, Oh, Oh...‹«

»Siehst du, daß du mich nicht in Frieden läßt? Wie soll ich singen?«

»Wegen meines Seelenheils...«, lachte Teresa und röchelte. Niemand betete mehr. Alle sangen »Volare, Oh, Oh... Volare, Oh, Oh, Oh...«

»Ich kann nicht singen, Mama...«

»Dann scher dich zum Teufel, und paß bloß auf, daß du nicht arm stirbst...«

Dieser

Dieser, der sie jetzt nach Hause begleitete, war ganz anders als der erste.

Das fing damit an, daß er nicht wie jener lachte und auch keine Schweinereien sagte. Er ahmte auch niemanden nach. Der erste quasselte wie drei oder vier dieser Scheißkerle aus dem Fernsehen zusammen und gefiel sich in geistreichen Bemerkungen, bei denen einem die Füße einschliefen.

Dieser hier sagte nur: »Machen wir's zusammen? Hast du trotz Friedhofmief in den Kleidern Lust drauf?«

»Haben wir uns etwa verlobt?« erwiderte die Spanierin mit finsterer Miene.

»Manchmal hat die Trauer...«

»Danke für das Mitgefühl, aber mach dir um mich keine Sorgen...«

»Um dich mach' ich mir ja keine Sorgen. Nur um mich...«, entgegnete er seelenruhig. »Eine traurige Nutte verstimmt mich... Dann ess' ich lieber eine Pizza, schließe mich ins Klo ein und hole mir einen runter oder schlafe mit meiner Frau, wenn sie mich läßt, was so ist, als wenn sie mir aufgewärmte Suppe auftischt...«

Diese Vorstellung brachte die Spanierin zum Lachen.

»Sie bumst, wie sie kocht... und sie kocht genauso schlecht, wie sie bumst«, sagte der Mann ganz ernst. »Also, was ist mit uns zweien?«

»Wie du willst... Hast du eine Bleibe?«

»Ich hatte gehofft, daß du eine hast...«

»Gewiß doch, aber dann wird es teurer... Zweitausend für die Hauswirtin...«

»Und für dich?«

»Zehntausend. Im Auto oder zu Hause, der Preis bleibt derselbe...«

Der Mann seufzte.

»Also gut. Die Hauswirtin soll auch ihren Spaß haben...«

Die Spanierin gab ihm die Adresse an. Der Mann fuhr los.

»Du fragst mich noch nicht einmal, wen ich auf dem Friedhof besucht habe.«

»Das geht mich nichts an«, sagte die Spanierin.

»Ich hab' keinen Toten dort drin... Die liegen alle zu Hause, auf dem Dorffriedhof...«

»Was suchst du dann dort? Tut dir die Luft gut?«

»Nein, aber manchmal stolpert man über eine lebenshungrige Witwe...«

»Diesmal hast du Pech gehabt...«

»Da war schon eine, aber die wog zwei Zentner... Mit fetten Frauen kann ich nichts anfangen... Zwischen fetten Schenkeln find' ich nichts...«

»Dann hab' ich Glück gehabt...«

Die Spanierin lachte fröhlich, der Mann blieb ernst.

»Mal sehen, ob du mein Blut in Wallung bringen kannst...«, sagte er todernst.

Die Spanierin war sofort sauer.

»Was verlangst du eigentlich für zehntausend Lire, eine Bleibe und den besten Fick deines Lebens...? Gib dich mit dem zufrieden, was die Mönchsgelübde übertrifft, denn das ist schließlich nicht wenig...«

»Machst du es auch anders?« fragte der Mann.

»Nicht mal für hunderttausend«, erwiderte die Spanierin.

»Du bist auch bloß eine gläubige Katholikin«, sagte der Mann mit Abscheu.

»Ich bin, was mir paßt«, entgegnete die Spanierin. »Vogel friß oder stirb!«

Eine Sirene heulte gen Himmel. Die Verhandlungen waren zu Ende, wenigstens für den Moment.

An jenem Tag

An jenem Tag wurde auf einem Marktplatz ein Dieb festgenommen, der sich, um nicht im Kittchen zu landen, vor ein Auto warf – mit tödlichem Erfolg. Die Spanierin lehnte fünfzigtausend für etwas ab, das ihr nicht paßte. Ein Chirurg verpflanzte eine Niere. Ein Bursche gewann in einer dunklen, illegalen Spielhölle drei Millionen achthundertausend Lire, die ihm nach Verlassen des Lokals nach einer gehörigen Tracht Prügel auf der Straße gleich wieder abgenommen wurden. Die Spanierin verdiente durch ehrbare Dienstleistungen zehntausend Lire und lehnte siebzigtausend für etwas anderes ab. Der Papst litt den ganzen Nachmittag über an Durchfall – sechsmal und ein Mundvoll Erbrochenes, weil er einem Omelett aus drei Eiern nicht widerstanden hatte. Man warf eine Bombe gegen die Markise eines Ladens.

Die Spanierin ging gleich nach der Tagesschau zu Bett.

Aufs neue mit den Ärzten zusammen

Eigentlich sollte jetzt die Befragung fortgesetzt werden, doch Professor Badini muß dauernd ans Telefon. Um diese Zeit findet sonst seine Sprechstunde statt.

Professor Badini unterbricht also dauernd sein Gespräch mit der Spanierin und bellt schwierige, sogar ärgerliche Worte, manchmal säuselt er auch freundliche – je nach Gesprächspartner – in den Hörer.

Wenn die Spanierin versucht, mit den beiden Doktoren zu sprechen, ziehen sie sich wie Schnecken in ihre Gehäuse zurück, tun so, als würde sie Zeitung lesen, kritzeln Gottweißwas über irgend etwas auf ihre Blöcke, oder sie starren verzweifelt zur Decke, so, als müsse von einem Augenblick zum anderen die Madonna erscheinen.

Die Spanierin bestellt also drei oder vier Malzkaffees. Krankenpfleger und Patienten schlagen sich darum, sie ihr bringen zu dürfen, um ein paar Worte oder auch nur eine angedeutete Geste mit ihr zu wechseln.

»Ah, liebe Kleine Spanierin …«, sagen sie mit geheimnisvoller Miene. »Sieh dir diese Spanierin an!« Und sie lächeln zufrieden.

Die Ärzte dagegen schreiben sich auf, wie viele Kaffees gebracht werden.

»Ihr gönnt sie mir wohl nicht«, zischt die Spanierin erbost. »Ich zahl' sie doch nicht mit eurem dreckigen Geld...«

Doch sie antworten nicht, weil der Professor noch immer telefoniert, und ein armes Schwein blamiert sich ungern.

»Wollt ihr etwa auch einen, um eure Wasserleichen durchzuspülen?« Alles lacht, als ein Patient wegen der Gegenwart der Spanierin den Mut zu dieser kecken Bemerkung findet.

Professor Badini telefoniert endlich nicht mehr. Mit ernster Miene wendet er sich der Spanierin zu.

»Also, wo waren wir stehengeblieben?«

»Da, wo ihr euch alle drei im Kreis einen runtergeholt habt«, lacht die Spanierin.

Die anderen brechen abermals in Gelächter aus. Der Professor fordert die Krankenpfleger auf, die Patienten zu entfernen.

»Was willst du denn, ich hab' doch nur Spaß gemacht«, sagt die Spanierin. »Bist du wirklich böse...? Gehst du etwa auf die Palme, Professor...? Du verstehst wohl keinen Scherz, was...? Das braucht dich doch nicht zu kratzen...« Sie lacht weiter, während die Patienten von den Krankenpflegern aus dem Zimmer geschoben werden. »Nein, wir waren gerade bei der Frage, ob ich nach dem Tod meiner Mutter Tag und Nacht Halluzinationen hatte...«

»Exakt...«

»Was soll ich denn da gesehen haben?«

»Ungeheuer, Gespenster... alptraumhafte Tiere...«

»Ja... Das stimmt... Eines Nachts hab' ich von euch dreien geträumt«, sagte die Spanierin ernst. Sie lacht gleich wieder. »Komm, ich hab's doch nur im Spaß gemeint...! Eines Morgens hab' ich aber eine Kuh im Fluß treiben sehen...«

»Lebte sie?« fragt D'Allevi.

»Spinnst du?« erwiderte die Spanierin. »Die war toter als du...«

»Ich bin nicht tot«, bringt D'Allevi mit einem zaghaften Lächeln vor.

»Das glaubst wohl nur du...«, lacht die Spanierin. »Hat dir noch niemand gesagt, daß du wie eine Leiche stinkst...? Putzt du dir je die Zähne?«

Dem Doktor verschlägt es regelrecht die Sprache, er kann beim besten Willen nichts erwidern. Der andere Arzt und der Professor geben ihm zu verstehen, daß er schweigen und lieber Notizen machen solle.

»Das meine ich ehrlich... Dein Atem ist schlimmer als der Gestank aus einem Kloakenschacht... Zudem, du mußt mir bei deinem Ehrenwort die Wahrheit sagen... du hast doch gerade eben gefurzt, oder nicht?«

»Was sagst du da«, bäumt sich Dr. D'Allevi mit puterrotem, beleidigtem Gesicht auf.

»Ich sag', daß es hier nach Scheiße riecht«, sagt die Spanierin. »Entweder hast du gefurzt, oder jemand hat in die Hosen gemacht...« Sie lacht. »Oder, ich wiederhole mich, ihr seid alle drei Scheißkerle...«

Die Segelboote ohne Segel liegen startbereit am Himmel vor Anker. Es ist an der Zeit, sich ans Ufer zu begeben und loszusegeln. Die Vorräte füllen den Laderaum. Die Spanierin grüßt leicht und sticht in See.

Doch sie täuscht sich. Bevor sie sich ins Bett legen kann, müssen noch etliche entfernt gelegenen Inseln angesteuert werden. Da war der Unsinn mit dieser Wissenschaftsgläubigkeit an das bunte Papier und die Schmetterlinge und diese dämlichen Klötzchen, diesen Turm zu Babel für Syphilitiker, in den man sie mit Gewalt werfen wollte.

»Ihr könnt mir gestohlen bleiben! Habt ihr herausgefunden, wer dafür verantwortlich zeichnet...?!« träumt die Spanierin.

Sie hat sie bereits, die in ihre Notizblöcke versunken sind, hinter sich gelassen. Ihr Reich gehört ihr. Doch die drei machen sich weiterhin Notizen. Sie wissen nicht, daß die Sintflut sie unleserlich machen wird und daß sie, die Spanierin, verdammt noch eins, wie versteinerte Fische, Algen und Muscheln, für Hunderte von Millionen Jahren in der Wärme des Gesteins gefangen, die Zeiten überdauern wird.

Sie.

Die schwierige Reise der Spanierin

Sie sieht zum Fenster hinaus.

Unten auf der Straße stehen zwei und umarmen sich; er ist allenfalls zwanzig, sie noch jünger. Sie reiben sich aneinander, ohne sich darum zu kümmern, ob sie im Dunkeln stehen oder im fahlen Licht einer Laterne. Sie küssen, streicheln und betätscheln sich. Die Spanierin lächelt. Sie ist zufrieden. Es gibt noch Leute, die ein bißchen Freude im Alltag finden. Die beiden können sie nicht sehen, weil sie alle Lichter ausgemacht und sich hinter dem Fensterladen versteckt hat. Sie schaut ihnen zu, als seien sie Statuetten aus der Villa Borghese.

Sie trennen sich nicht. Von Zeit zu Zeit – zwischen dem einen Kuß und dem anderen – nimmt sie sein Gesicht in ihre Hände und starrt ihm in die Augen, dann küßt sie ihn abermals. Er streichelt ihren Hinterkopf, dann streift er mit dem Kopf ihren Busen wie eine Katze – zärtlich, ohne schmutzige Gedanken.

»Was ist mit mir los, verdammt noch mal!« Die Spanierin hat Magenkrämpfe. Plötzlich würde sie am liebsten die Fensterläden aufreißen und die beiden zum Teufel jagen.

Dann holt sie sich ein Glas Wein und trinkt es Schlückchen für Schlückchen leer, während sie die beiden wieder beobachtet.

»Bin ich etwa neidisch?« grinst sie. »Nein. Neidisch ist man nur auf etwas, das man selbst will. Doch mir ist überhaupt nicht danach, mich auf der Straße von einem kleinen Grünschnabel umarmen zu lassen...«

Sie ißt einen Apfel und verfolgt die beiden mit den Augen. Gleich fängt ein Film im Fernsehen an. Gegen zehn Uhr wird ein Anwalt anrufen, falls er durch Rom kommt. Oder der Ambulanzarzt. Oder vielleicht Remo. Einer, der Remo heißt – basta.

Die beiden liegen sich noch immer in den Armen.

»Die haben Angst, daß sie hinfallen, wenn sie sich loslassen...«, kichert die Spanierin.

Sie hat keinen Hunger und legt den angebissenen Apfel weg.

Sie wartet auf den ersten Anruf, sie wird den Hörer abnehmen. Sie hat sich diese Wohnung extra zu diesem Zweck eingerichtet. Gekauft hat sie sie von einer aus Turin, die dauernd von ihr als ›Herberge‹ sprach.

»Wenn du noch einmal Herberge sagst, kauf' ich sie dir nicht ab... Für mich stinkt das Wort nach Stall und Wirtshaus... Ich muß hier mein Leben lang wohnen... Für mich ist es eine Dreizimmerwohnung mit zwei Bädern, im Erdgeschoß, mit Gärtchen und eigenem Eingang...«

Sie hat die eine Hälfte in bar, die andere in ›Naturalien‹ bezahlt. Außergewöhnliche Wünsche inklusive. Für die Wohnung, so hatte sie sich gesagt, konnte man etwas opfern. Ob hinten oder vorne, mit oder ohne Schmerzen – ihr Lustgewinn war selten der Rede wert.

Nur manchmal klappte es, doch das ließ sie sich nicht anmerken, sonst hätte man ihr, sich auf ihr Vergnügen hinausredend, auch noch den Preis heruntergehandelt.

Gewiß gab es da auch jene, denen man einen Orgasmus vorspielen mußte, sonst erschlafften sie, ärgerten sich und verweigerten die Zahlung. In einem solchen Fall schreit man, wirft sich wie wild auf den Laken hin und her: »Ogottogott...! Was fällt dir ein...? Was tust du mir an...? So was...! Was ist bloß los...? Ich kann nicht widerstehen, du zerstörst mich... Ja, ja... So! So...! Das ist mir noch nie passiert...!« und ähnlichen Mist.

»Bist du dir da zum erstenmal über deinen Beruf klargeworden?« unterbricht sie Professor Badini, der ihr, die Ellenbogen auf den Tisch gestützt, aufmerksam zugehört hat.

»Wann?«

»Jetzt... Oder an jenem Abend, von dem du berichtest. Als du die beiden vom Fenster aus beobachtet hast...«

Die Spanierin bricht in schallendes Gelächter aus.

»Die haben dich auch drangekriegt, was, Professor?« Dann fährt sie mit professioneller Stimme fort: »Wenn dein Weib zu maunzen anfängt, mach's Licht aus... Das ist das Zeichen dafür, daß sie die Nase voll hat. Ich versteh' was davon...«

»Wir sprachen gerade von dir und deinem Beruf...«, sagt Professor Badini, in dem Versuch, seine Haltung wiederzugewinnen.

Ihr Haß und ihre Unsicherheit äußern sich als Gelächter. Sie lacht ohne Unterlaß.

»Wurmt's dich...? Darauf sind doch alle schon reingefallen, was glaubst du! Jung und Alt... Vor mir brauchst du dich nicht zu schämen... Wo gehobelt wird, fallen

Späne. Greifen Sie nach ihrem Hintern, Herr Professor...« Sie wird plötzlich ernst. »Oder setzt sie dir etwa Hörner auf?«

Diesmal war ihr Gelächter schneidend, hinterläßt eine Wunde. »Und wenn auch, was macht das schon...? Hast du dich selbst befriedigt? Dann danke Gott, daß du es dir vor dem Tod noch einmal gemacht hast und daß *Er* uns Frauen verrecken läßt, wie's kommt...«

Inzwischen hat sich die Spanierin in ihrer Wohnung nicht von dem Fenster entfernt. Sie sieht noch immer den beiden dort unten zu. Doch gerade in diesem Moment will es der Zufall, daß sich das Mädchen aus seinen Armen löst und langsam von ihm entfernt.

Er bleibt wie versteinert stehen, folgt ihr dann aber.

»Maria...!« ruft er.

»Wenn du mir folgst, schreie ich so laut, daß das ganze Viertel aufwacht«, sagt Maria ganz ruhig.

Sie bleiben, ein paar Schritte voneinander getrennt, stehen. Bei jedem Schritt, den er sich ihr nähert, weicht sie einen zurück. »Warum tust du das...? Gibt es einen Grund dafür?«

Maria zuckt die Achseln.

»Keinen. Es gibt keinen Grund«, sagt sie. »Ich will dich verlassen. Ich will die Verlobung lösen...«

»Einfach so? Ohne Begründung?«

»Ohne Begründung... Einfach so... Ich hab' das plötzlich über...«

»Was hab' ich dir getan?«

»Nichts... Doch, wenn ich noch einmal mit dir ausgehen muß, spring ich in den Fluß...«

»Vor einer Minute hast du mich noch geküßt, hast du mich geliebt...«

»Und jetzt nicht mehr... Geh, Renato, laß mich in Ruhe...«

»Das kann doch nicht wie ein Blitz aus heiterem Himmel kommen...«

»Doch! Oft denkt man beim Aufwachen, daß es draußen regnet, und wenn man dann die Fenster öffnet, scheint die Sonne...«

»Aber jetzt ist es doch Nacht, zum Teufel noch mal...«, flucht Renato wütend.

»Das sagst du. Für mich ist es hellichter Tag... Siehst du, daß wir uns nicht verstehen...?« Sie lächelt. Laß nur, Renato... Die Verlobung ist gelöst... Gute Nacht...«

Renato möchte weinen vor Wut, zugleich aber auch Maria in tausend Stücke zerreißen. Doch er weiß, daß ihr Geschrei die gesamte Polypenarmee zusammentrommeln würde.

»Du bist verrückt, du bist verrückt«, stößt er zwischen den Zähnen hervor. »Doch ich bin selber schuld, daß ich mich mit dir eingelassen habe... Für das, was du mir angetan hast, sollst du bis an dein bitteres Ende Blut pinkeln...«

»Siehst du, was für ein Scheißkerl, was für ein Hurensohn du bist?« erwidert Maria gleichmütig. »Nur weil ich es mir anders überlegt habe, keine schlechte Ehe eingehen will, soll ich mein Leben lang Blut pinkeln...«

»Verdammt, man kann doch nicht von einem Moment zum anderen den Sinn derartig ändern!«

»Ach ja...!? Wo steht das geschrieben?« sagt Maria ruhig. Dann jählings aggressiv: »Und wenn *du* es dir plötzlich anders überlegt hättest? Wenn *du* mich zum Teufel gejagt hättest? Dann wär' es wohl richtig gewesen, was...? Ganz normal... Kein Blutpinkeln, kein Fluch...«

Kurzes Gelächter. Renato ist sprachlos.

»Ich verabschiede mich von dir, Renato«, schließt Maria. »Nimm's nicht tragisch... Die Welt wimmelt von schlimmeren oder besseren Frauen...«

Und dann entfernt sie sich ruhigen Schrittes.

Renato blieb wie angewurzelt stehen. Als er losrennt, ist Maria schon hinter der Straßenecke verschwunden, und die Spanierin reißt die Fensterläden auf.

»Wo willst du hin...? Wohin rennst du...? Bleib stehen!« schreit sie Renato zu. »Willst du noch so spät in der Nacht zum Marathonlauf starten?«

»Was willst du?«

»Ich bin eine Hure... Falls du Trost brauchst, erlaß ich dir das Honorar...«

»Machst du es für mich oder für sie?« fragt Renato unter der Decke der Kleinen Spanierin.

»Für sie natürlich, du Idiot... Mach schon!« Sie zieht ihn an sich. »Aber es geht nur heute nacht ohne Bezahlung...«

»Könntest du mir erklären, warum du das getan hast?« fragt Dr. D'Allevi.

Die Spanierin erwidert mit hartem, bissigem Gelächter: »Ich muß dir wohl noch das Einmaleins erklären, was...? Wer hat dir nur deinen Titel verliehen...?« Und mit dem gleichen Gelächter: »Erstens, weil mich Streitereien anwidern... Zweitens, weil mich vor Schlägereien ekelt... Drittens, weil das Mädchen zwei Äpfelchen hatte, wie du sie in deinen wildesten Träumen noch nicht geschaut hast... Viertens, weil ich kapierte, daß die plötzliche Abfuhr den jungen Herrn abgekühlt hatte und er den Rest nur noch aus Pflichtgefühl getan hätte – einschließlich dessen, sie vielleicht umzubringen... Fünftens, weil man oft für nichts anfängt und reich aufhört ...« Sie seufzt, ändert ihr Gelächter nicht, fügt einen Hauch Abscheu hinzu. »Sicher ist, daß du, lieber Doktor, vom Leben keinen blassen Dunst hast ...«

»Und deine Kenntnis davon ist unanständig und krank«, kreischt D'Allevi hysterisch.

»Wirklich?« Das Gelächter wird ironisch und voll. »Bumsen ist also krankhaft? Das wußte ich nicht ... Wenn ich bumse, ist es schändlich. Wenn deine Frau es tut – Glückseligkeit und Segen ... Wieso eigentlich?«

»Hast du niemals den Wunsch gehabt, ein anderes Leben zu führen?« fällt Professor Badini ihr plötzlich ins Wort.

Die Spanierin überlegt eine Weile argwöhnisch.

»Wieso ist dir diese Frage eingefallen?«

»Deine Erzählungen haben sie nahegelegt ... Ich frag' mich, was hinter diesen Lügen steckt, die du den Männern jeden Tag hundertmal wiederholen mußt ...«

»Du hast recht ... Es ist alles nur Theater, Herr Professor ...«, lacht die Spanierin und wehrt damit die Frage ab. »Ich muß mich bei dir entschuldigen, denn manchmal bist du weniger dämlich, als es einem erscheint ... Mehr Hurensohn als Trottel ...«

»Danke«, lächelt der Professor.

»Keine Umstände. Bei dir spiel' ich kein Theater. Du zahlst ja nicht ...«

»Aber du hast gesagt, daß meine Frau vielleicht vor mir Theater spielen könnte ...«

»Warum? Glaubst du etwa, daß du sie nicht bezahlst ...? Verpflegung, Unterkunft, Kleider, Frau Professor Nullachtfünfzehn ... Du zahlst – und wie, meine ich. Du zahlst sogar eine ganz schöne Stange Geldes ...«

»Und wenn sie ebenfalls arbeitet?«

»Tag ist Tag und Nacht ist Nacht, mein Freund«, lacht die Spanierin wissend. »Ich möchte doch sehen, was passierte, wenn deine Frau – Arbeit oder nicht – es dir nicht machen wollte, weil ihr an dem Tag die Gebärmutter krampft oder sie müde ist oder sie lieber jemanden vernaschen würde, den sie auf der Straße gesehen hat, oder es sogar getan hat und du ihr nicht mehr gefällst...«

»Wir sprachen gerade von einer berufstätigen Frau...«, sagt der Professor mit säuerlicher Miene.

»Ich arbeite auch, Herr Professor, und weiß, daß eine Frau nicht schon deshalb zum Mann wird, nur weil sie arbeitet... Um sich also nicht als Hure beschimpfen zu lassen, macht sie es lieber. Sie ist froh, daß sich bei ihr nichts aufrichten muß, stöhnt, kreischt, ›Ogottogott, ja, ja, stoß stärker zu, du bist toll...‹«

»Ich hab' verstanden«, sagt Professor Baldini, leicht verkrampft.

Die Spaniern merkt es. Ihr Lächeln wird weicher.

»Entschuldige, falls ich dich beleidigt habe, aber ich will mich nicht über dich lustig machen... Ich versteh' schon, daß für dich und die meisten Männer der einzige Unterschied zwischen einem Brett und einer Frau die Muschi ist... Ich werf' dir das nicht vor... Ihr werdet seit Jahrhunderten als Männer geboren...«

»Und wenn dem so wäre«, sagt der Professor mit schmalem und dennoch belustigtem Lächeln, »aber ich hatte gefragt, ob du niemals ein anderes Leben hättest führen wollen...«

Die Spanierin schweigt eine volle Minute lang.

»Nein«, sagt sie sodann, »es lohnt nicht der Mühe. Was mich betrifft, so hab' ich immer getan, was ich wollte, und bin niemals schlecht damit gefahren...«

»Das ist eine Form unbewußter Abwehr...«, sagt Sansavino mit wissenschaftlichem Lächeln.

»Euretwegen etwa?« lacht die Spanierin aggressiv.

»Wenn du wüßtest, wie scheißegal ihr mir seid...! Gottes wegen? Der juckt mich noch weniger... Der Freunde wegen? Ich kriege ohnehin nur Tritte in den Hintern...« Sie schweigt eine Weile. »Aber das scheint mir ja recht zu sein...«

Um so besser

Die Spanierin schweigt.

»Und nun?« fragt Sansavino nach einer Weile.

»Was – und nun!« lacht die Spanierin ärgerlich. »Wenn ihr eure Blöcke nicht bald ins Klo hängt, um euch den Arsch damit abzuwischen, sprech' ich nicht mehr... Ich hab' es satt, wenn man kritzelt, während ich rede...«

Die drei sehen sich an. Die Doktoren warten auf die Erleuchtung des Professors.

»Müssen wir sie wirklich aufs Örtchen bringen?« murmelt der Professor. »Genügt es nicht, wenn wir sie in eine Schublade legen?«

»Nur, wenn ihr die mit einem Schlüssel abschließen könnt. Wenn ich einen davon unerwartet finde, dreh' ich euch den Kragen um...« Sie bricht in schallendes Gelächter aus.

»Los, los, schreibt schon...! Hört doch nicht auf mich...! Macht, was ihr wollt, es ändert ja sowieso nichts. Das Spiel ist ohnehin gelaufen...«

Sie wirft einen Blick durchs Fenster, auf grüne Blätter, Gräser, auf wandelnde Männer und Frauen und zieht eine Grimasse.

Wie gut sie sich an Lorenza erinnern kann!

Groß, rote Haare und ein Paar riesiger Titten.

Sie hatte sich in einen Faulpelz verliebt. Einen Tunichtgut, der nicht einmal sonderlich gut aussah, jedoch eine halbe Stunde lang auf einem Bein wie ein Storch, den Schuh gegen die Wand abgestützt, stehen konnte.

Lorenza hatte sich in ihn vernarrt, weil er ein freches Mundwerk hatte und die Leute herrlich einwickeln konnte.

»Inwiefern?« fragt D'Allevi.

»Indem er einen mit Worten verwirrte, die niemand je gehört hatte...«

Die Spanierin erinnert sich, und ihr Lächeln verändert sich abermals – wird zur hämischen, tückischen Fratze.

Es war einige Jahre her, daß sie des Abends ausging, um sich Röstkastanien, ein Fläschchen Frascati, einige Reiskroketten und zweihundert Gramm Mortadella zu genehmigen.

Damals war es Winter und – kalt. Stets sah sie ihn; er saß an dem Tisch der Weinschenke an der Ecke, wo einer neben dem anderen hockte, und unterhielt sich. Er hieß Hamlet, aß und sprach, während sie ihren vollen Teller vergaß und an seinen Lippen hing.

Manchmal hatte Lorenza sie an den Tisch gebeten, damit sie Hamlet sprechen hören konnte.

»Hast du etwa keine Angst vor der Freiheit?« wollte Hamlet mit Nachdruck wissen. »Erdrückt sie dich nicht?«

Lorenza hielt den Atem an. Sie starrte ihn mit weitaufgerissenen Augen an.

»Du Glückliche, dein Kopf ist tönern und dein Gehirn liegt in Marinade«, fuhr Hamlet fort und schluckte ein paar Bissen Brot, mit Schinken belegt, hinunter, benetzt mit einem Schluck Wein. Dann schlug er sich gegen den Kopf. »Ich spür' den lieben Tag lang die Verantwortung, frei, lebendig zu sein...! Es bereitet mir Kopfschmerzen, Kephalalgie...«, sagte er und verschlang hastig Bucatini à la Matriciana. »Und dann überkommt mich plötzlich das Bedürfnis, mich in der uterinen Schale einzuschließen... Allein, verstehst du...? Du gehst mir auch auf die Nerven...! Ich bin ein Pechvogel...«

»Was hab' ich da noch bei dir zu suchen...?« unterbricht ihn Lorenza mit Tränen in den Augen.

»Du bist mir ein mieser Trost!« erwidert Hamlet mit vollem Mund. »Was hältst du vom Buddhismus?«

»Also«, antwortet Lorenza vage, »er erscheint mir gut, lebensfroh...«

»Siehst du nicht, daß wir unsere Beziehung im Lebensfluß niemals systematisieren können?« erwidert Hamlet. »Du bist oberflächlich, dir fehlt es an Tiefe... Was, zum Teufel, hast du mit der Scheiße zu tun, die sich in himmlische Materie verwandelt?«

»Sogar im Klo?« wagt Lorenza einzuwerfen.

»Sogar in deinem Arsch!« schreit Hamlet und bestellt noch einen Liter auf Kosten Lorenzas.

»Hast du das gehört?« flüstert Lorenza der Spanierin zu. »Hast du gehört, was er alles weiß... Sogar, was die Scheiße betrifft...«

»Ich hab' doch nur so Scheiße gesagt... Was hast du wieder einmal verstanden, Rotschopf?« korrigiert sie Hamlet sofort. »Hier geht es um das Menschheitsproblem schlechthin... den Zweifel...«

Hamlet stotterte ein wenig. Und, wenn er sich beim Diskutieren erhitzte, besonders nach dem zweiten Liter, brachte er kaum noch die Worte hervor, er mußte sie geradezu herausspucken. Manchmal verhaspelte er sich völlig und schwieg, um erst wieder nach einigen Sekunden weiterzureden. Das belustigte die Spanierin mächtig, doch sie wußte, daß es nicht angebracht war, dies Lorenza zu zeigen, so daß sie todernst, mit törichter Miene zuhörte.

»Hamlet ist Künstler... Maler«, hatte ihr Lorenza eines Tages erklärt.

»Und die Bilder?«

»Die hält er versteckt... Er prostituiert sich nicht...«

»Wie wir«, hatte die Spanierin den Satz ergänzt.

»Was willst du«, hatte Lorenza gelacht, »eine Hure in der Familie genügt...«

Doch eines Tages hatte sie der Spanierin, ganz heimlich, die Gemälde gezeigt. Die Spanierin hatte sich schnell verdrückt, denn die Gemälde waren ihr ein Buch mit sieben Siegeln geblieben. Sie nahm den Eindruck erschreckenden, verbrannten Lebens mit sich, einer Kleckserei aus Schwarztönen, Blutrot, Dunkelgrün und Blau. Außerdem aß Hamlet, um sich der Vampire zu erwehren, wenn er malte, nur Spaghetti mit Knoblauch; die Wohnung stank erbärmlich danach.

»Es nützt nichts, ich habe keine Lösung gefunden«, wiederholte Hamlet unaufhörlich kopfschüttelnd und mampfte währenddessen Fettucine und Rigatoni. Wegen irgendeiner indischen Lebensregel aß er nur Nudelspeisen, dies gab ihm angeblich positive Abwehrkräfte gegen den bösen Blick. Und so verzehrte er manchmal sechshundert Gramm Bucatini als Vorspeise, gefolgt vom Hauptgang, einer Riesenportion Fusilli mit Butter und Parmesankäse.

»Bemüh dich nicht, liebe Lorenza... Ich find' keine Lösung... Ich kann keine Lösung finden«, beklagte er sich. Und er war durchaus dazu fähig – nach den Worten Lorenzas, die ansonsten einen festen Schlaf genoß – die ganze Nacht, den Kopf in die Hände gestützt, wachzuliegen, um nach ›einer Lösung‹ zu suchen.

»Ich hab' Angst, daß er sich eines Tages umbringen wird...«, sagte Lorenza.

Das dachte auch die Spanierin. Doch ohne allzuviel

Mitleid, vor allem, seit ihr Lorenza gebeichtet hatte, daß er nach der Begeisterung der ersten sechs Monate zwar kiloweise Spaghetti fraß, ihr seine Gurke aber nur selten gab.

Hamlet bumste einmal die Woche, wenn's gutging. Wenn nicht, dann einmal alle vierzehn Tage oder auch nur einmal im Monat.

»Der hat ein Problem...! Wenn ich mich an ihm reibe, reißt er die Augen auf wie ein Wahnsinniger und fragt mich: ›Was meinst du, ist es immanent oder transzendent?‹ – Begreifst du? Er hat ein Getue, daß mir die Feige einfriert, als hätt' ich mich auf einen Eiskasten gesetzt...«

Lorenza vertraute sich der Spanierin zwar mit einer Träne im Auge, jedoch auch mit einem gewissen Stolz an, als sei sie die Angebetete Dante Alighieris oder die Heilige Kuh Mahatma Gandhis.

»Und was war mit dir?« fragte Professor Badini leise.

»Ich«, erwiderte die Spanierin und schlürfte den zwanzigsten Muckefuck des Tages, »hörte mir alles an... Sie tat mir leid... Und dann machte ich mir mit der Zeit auch Sorgen...«

»Warum?«

»Weil ich merkte, daß sie sich gehenließ. Plötzlich sah man sie mit verwilderten Haaren, dreckigen Nägeln und ausgelatschten Schuhen herumlaufen – sie, die früher so sehr auf sich geachtet hatte, ließ nun das glorreiche Tittenpaar, das ihr geblieben war, in billigen Fähnchen tanzen...«

Die Spanierin besuchte sie, um mit ihr ins Kino oder zum Fußballspiel zu gehen. Doch daraus wurde nichts.

»Ich hab' keine Lust«, sagte Lorenza. »Ich fühl' mich

hier, zu Hause, mit meinen Problemen wohl... Laß nur...«

»Was tust du denn den ganzen lieben langen Tag?«

»Ich denke nach«, entgegnete Lorenza und versuchte dabei, die Augen so aufzureißen wie Hamlet. »Hast du je gemerkt, daß mir die Lösung eingefallen ist...? Einfach so, weil ich Schwein hatte?«

»Zu was?«

»Das weißt du nicht? Ich weiß nur, daß ich bin, also bin ich nicht aufgelöst...«

Dabei verstand sie überhaupt nichts mehr. Bis dahin war sie wegen ihres klaren Verstandes berühmt gewesen, doch jetzt drehte sich ihr Kopf wie ein Karussell. Die Spanierin merkte indessen, daß im Haus einiges fehlte: eine Pendeluhr, zwei Bronzetiere – drei Spannen hoch –, ein Silberteller... Und dann eines Tages selbst die paar Klunker, die Lorenza sonst trug.

»Wo hast du das Kettchen...? Und wo ist das Armband? Und die Uhr?«

»Kümmere dich lieber um deinen eigenen Dreck, ja?« erwiderte Lorenza ungehalten.

Die nunmehr sehr besorgte Spanierin pumpte sie um hunderttausend Lire an. Nicht daß sie die nötig gehabt hätte, nein, nur um das Geheimnis des plötzlichen Niederganges zu lüften. Früher hätte sich Lorenza, die sehr großzügig war und ihr Geld unter der Matratze hortete, kaum darum bitten lassen. Jetzt erfand sie die unmöglichsten Ausreden: der Zahnarzt, die neuen Schuhe...

»Warum denn das, wo du seit sechs Monaten dieselben Schlappen trägst?«

Nichts zu machen. Sie gab ihr das Geld nicht.

Hamlet widmete sich dagegen immer mehr dem Nichtstun. Er malte nicht einmal mehr Bilder. Er hatte sich eine Gitarre gekauft und fragte sich, auf den Stufen irgendeiner Kirche hockend, noch immer dieselben Scheißfragen. Zu Lorenza kam er nur zum Schlafen. Traf er sie unterwegs oder wurde er von ihr um ein paar Groschen gebeten, wollte er mit düsterer Miene von ihr wissen, ob sie überhaupt eine Seele habe, und wenn ja, was für eine.

Argwöhnisch geworden fing die Spanierin an, ihn in weitem Bogen zu umstreichen. Sie hatte den Burschen durchschaut und ließ ihm die lange Leine. Sie ging an der Kirche vorbei, grüßte und blieb nicht stehen. Nach drei oder vier Tagen fing Hamlet an, ihr dieselben Fragen zu stellen.

»Fühlst du dich gelöst? Wie siehst du die Seele?«

Die Spanierin erwiderte mit einem schelmischen Lachen und schickte ihn zum Teufel.

Dies war die lange Leine, und es dauerte nicht lange, bis sich Hamlet darin verstrickte.

»Warum bleibst du nie stehen?« fragte er sie.

»Weil ich zu tun habe... Ich muß meine Brötchen selber verdienen. Ich hab' keine Zeit, mich um den Seelenquatsch zu kümmern...«

»Du gefällst mir, weil du die reine Stofflichkeit bist«, sagte Hamlet. »Nur Körper, nur Materie...«

»Und wo bleibt die Seele?« zog ihn die Spanierin auf.

»Du bist eine verkörperte Seele«, erwidert Hamlet eindringlich. Und so kam es, daß die Spanierin, quasi ohne es zu wollen, öfter bei ihm vorbeischaute und länger bei ihm stehenblieb.

Als sie zum erstenmal seine Hand auf ihrem Hintern spürte, brach sie in schallendes Gelächter aus.

»Ach so, da suchst du also die Seele?«

»Ich hab' Komplexe«, klagte Hamlet geschwind.

Lorenza hielt sich weiterhin, den irren Blick auf die Wand geheftet, nach einer Lösung suchend, in ihrer

Wohnung eingeschlossen. Sogar das Ringlein mit dem Diamanten, ein paar Anhänger und eine Silberkanne, die sie sich selbst zum Geburtstag geschenkt hatte, waren verschwunden.

»Deine Wohnung scheint mir immer leerer zu werden...«, wagte die Spanierin eines Tages zu bemerken.

»Das Zeugs ist schon noch irgendwo...«, erwiderte Lorenza heftig.

Sie hätte sich beinahe verplappert, und so hakte die Spanierin nach: »Wo? Etwa beim Leihamt?«

»Scher dich um deinen eigenen Dreck«, fuhr Lorenza ärgerlich auf, da sie sich schon wieder gefaßt hatte.

Die Spanierin sagte nichts mehr. Sie sah bei der häßlichen Kirche vorbei, und siehe da, Hamlet saß mit seiner Gitarre auf den Stufen.

»Ach, Kleine Spanierin, ich hab' ein paar Lire lockergemacht... Warum kommst du nicht mit mir, um bei einem Freund zu essen?«

»Wo hast du das Geld lockergemacht?«

»Das geht dich nichts an!«

Dasselbe wie bei Lorenza. »Alles in Ordnung«, dachte die Spanierin. Und laut sagte sie: »Kommt Lorenza auch?«

»Warum? Hast du ohne Lorenza Angst?«

»Vor wem? Vor dir etwa...?«

»Du kommst also...«

Die Spanierin ging mit.

Es war ein Loch in der Nähe des Flusses. Eher eine Hütte als ein Haus. Vier häßliche Mörtelmauern, zwei Fensterchen, und damit hatte es sich. Doch inmitten dieser vier häßlichen Mauern befanden sich außer einem Bett, das mindestens zweihundertfünfzigtausend

Lire gekostet hatte, alle Sachen Lorenzas: Kettchen, Uhr, Anhänger, Silberkanne und selbst die Pendeluhr mit dem Stundenschlag.

»Hast du mit ihm geschlafen?« fragt Professor Badini kaum hörbar.

›Vielleicht will er sich einen runterholen‹, denkt die Spanierin, die seine Hand verhalten mehrmals über die Knopfleiste seiner Hose streichen sieht.

»Ja, natürlich hab' ich ihn vernascht. Lorenza zuliebe... Denn Hamlet ist ein sehr schlechter Flötenspieler, schlimmer als ein Pennäler... Nur Geschwätz, Fragen über die Seele, den philosophischen Samen, aber wenn es zur Nagelprobe kommt, dann sind's zwei Flügelschläge, und er fliegt von dannen wie eine Trauermeise...«

»Es ist also nicht befriedigend gewesen...«

»Viel weniger als die Selbstbefleckung, an die du gerade denkst«, lacht die Spanierin.

Der Professor springt auf, nimmt die Hände von der Hose. Die beiden Doktoren verkneifen sich erfolglos ein Grinsen.

»Und dann?«

»Je mehr er von der Seele sprach, um so eifriger ließ ich mir die Sachen schenken, die ihm die total verblödete Lorenza hatte zukommen lassen: Uhr, Kettchen, Silberkanne, Pendeluhr, besticktes Tischtuch, sieben Taschentücher...«

»Und wie lange hat eure Beziehung gehalten?«

»So über den Daumen gepeilt, waren es sechs oder sieben schnelle Runden... Dann hab' ich ihm das heimgezahlt, was er Lorenza angetan hatte... mit Langeweile, Müdigkeit, Wände-Anstarren, Riesenfreßgelagen... Ich hab' ihm sogar gesagt, daß er die Gitarre miserabel spielt, und dann hab' ich ihn schließlich eines Tages zum Teufel gejagt...«

»Inzwischen hattest du dir aber alle Sachen deiner Freundin unter den Nagel gerissen...«, bemerkt Dr. D'Allevi mit einem boshaften Lächeln.

Die Spanierin kocht plötzlich. Ihre Augen glühen wie Kohlen. Sie fletscht die Zähne und zückt ihre Krallen wie ein angriffslustiger Tiger, kurz vor dem Sprung.

»He, du Hurensohn... Scheißkerl...! Du hinterfotziger Arsch...! Was hast du im Hirn – Scheiße...? Wo hat dich denn deine Mutter ausgekackt...? Ich bin doch nicht kriminell wie du, verbrecherisch wie deinesgleichen...«

»Beruhigen Sie sich um Himmels willen... beruhigen Sie sich...«, fleht sie Professor Badini an, während zwei sofort herbeigeeilte Krankenpfleger laut lachend die Spanierin festhalten, die sonst den zitternden Dr. D'Allevi, dessen Gesicht vor Angst so weiß ist wie ein Brautschleier, bei lebendigem Leibe zerrissen hätte.

»Laßt die Finger von mir!« kreischt die Spanierin unterdessen die Krankenpfleger an. »Laßt die Finger von mir... Ihr nützt doch nur die Gelegenheit, um mich überall zu betatschen...! Und wenn es jetzt nicht geht, dann werd' ich den da«, und sie zeigt auf D'Allevi, »schon finden und ihm den Arsch aufreißen...«

»Mit was denn?« lachen die Krankenpfleger.

»Wenn ich es brauche, hab' ich alles...!« schreit die Spanierin.

Es dauert eine Weile, bis man sie beruhigen kann.

»Habt ihr etwa nicht gehört, was für einen Dreck der mir unterschieben wollte, dieser Wasserkopf?« sagt sie, nachdem ihre Wut verraucht ist.

»Entschuldige...«, stottert Dr. D'Allevi mehr tot als lebendig.

»Komm, Kleine... Nimm seine Entschuldigung an...«, bittet sie Professor Badini.

»Einen Dreck sollte ich eigentlich tun, aber ich werd' sie annehmen. Auch um dir zu zeigen, wie die Spanierin lebt.« Und nach einer bedrohlichen Pause: »Weißt du, was ich mit den Sachen gemacht habe, die ich aus Hamlets Haus gerettet habe...? Ich hab' sie Lorenza gebracht, um ihr die Augen zu öffnen, um ihr zu zeigen, mit was für einem dreckigen Lackaffen sie sich eingelassen hatte...«

»Eine noble Tat...«, urteilt Professor Badini.

Nobel?

»Nobel, einen Scheißdreck...!«

Die Spanierin bricht in frenetisches Gelächter aus.

»Hätt' ich's nur nie getan...! Sowie sie das Zeug sieht, sagt sie: ›Wer hat dir das gegeben?‹ – ›Wer soll mir das schon gegeben haben‹, sage ich, ›rat doch mal...‹ Die hat mir nicht mal Zeit gegeben, ihr alles zu erklären... ›Drecksau!‹ schreit sie. ›Meine beste Freundin spannt mir meinen Freund aus...‹ – ›Sei doch vernünftig‹, sage ich, ›wenn ich dir diesen Lümmel ausspannen wollte, wär' ich doch nicht hier mit der Uhr, dem Kettchen und der Silberkanne...‹ Sie hört mir überhaupt nicht zu. ›Du wolltest mir eins auswischen‹, sagt sie, ›du wolltest mich drankriegen... Du hast ihn vernascht, hast dein Vergnügen gehabt, und jetzt willst du dich noch über meine Tränen lustig machen...‹ Da geht mir der Gaul durch. ›Hör zu, du Schnepfe‹, sage ich, ›von mir aus kannst du dein Leben lang das Stengelchen behalten und dich sogar damit begraben lassen... Ich wollte dir nur zeigen, daß du es mit einem Hurensohn zu tun hast...‹ Das war schlimmer als eine Ohrfeige. ›Ha, ein Stengelchen hatten wohl dein Vater, dein Großvater und all' deine Liebhaber!‹ schreit sie aufgebracht. ›Und du bist so breit, daß es selbst für Hamlets Riesenkolben zuviel ist...‹ ›Was für einen Kolben?‹ sage ich giftig. ›Ich hab' höchstens einen Zahnstocher gesehen... Weißt du was? Wenn es dir recht ist, soll's auch sonst niemanden stören! Nimm dir dein Zeug, und damit ist Schluß... Entschuldige und alles Gute...‹ Ich will gehen, doch sowie ich Lorenza den Rücken zukehre, springt sie mich von hinten an, packt mich bei den Haaren und traktiert mich mit Fußtritten, noch immer laut schreiend, ich sei die dreckigste Hure der Welt. Sie kratzt und kneift mich, dann zieht sie mich an den Haaren über den Boden... Ich mußte mich wehren, und da es hier in der Stadt wenige gibt, die es mit mir aufnehmen können, lag sie zwei Minuten später, aufgedunsen wie ein Kuheuter, auf dem Boden. Wer weiß, wie es weitergegangen wäre, hätte nicht jemand 113 gewählt und wäre nicht die Grüne Minna gekommen, die uns beide dann auf die Wache brachte.«

»Das kann man auch dem Führungszeugnis entnehmen...«, flüstert Dr. Sansavino dem Professor zu. »Da steht alles drin, wie ich Ihnen bereits andeutete...«

Das Gefängnis

»Da steht ein Scheißdreck drin, mein Sohn...«, sagt die Spanierin. »Da steht höchstens, daß ich zwei Nächte in Rebibbia verbracht habe, Fragen, Antworten, Mahnungen, wenn ich das wiederhole, muß ich vor den Kadi...«, sie hält inne, »oder täusche ich mich?«

»Nein, es ist mehr oder weniger, wie du sagst...«, gibt Sansavino zu.

»Das Beste fehlt«, lacht die Spanierin beleidigt. »Da wäre zunächst der Aufruhr in der ersten Nacht...«

»Warum? Haben die Wächter es probiert?« fragt D'Allevi neugierig.

»Nicht die Wächter, das sind doch arme Schlucker wie wir. Die haben andere Sorgen als Sex im Sicherheitszimmer. Nein, eine Lesbe hat's versucht, die sofort weggebracht wurde...«

Das Gefängnis dringt mit seiner ganzen traurigen Armseligkeit ins den Raum der Nervenanstalt ein. Die Schränke verlieren ihre Papierschmetterlinge und verschwinden. Da ist eine andere Kälte, weniger verdreckt, nicht so spielerisch. Die unechte Atmosphäre miteinander scherzender Kinder ist verflogen.

Die Spanierin blickt sich um. Die Erinnerung bringt plötzlich fleckige, geweißelte Wände herauf, hat Professor und Doktoren verscheucht und vier Pritschen herbeigezaubert.

»Es war alles furchterregend«, sagt die Spanierin. »Auch Mitgefangene, deren Gesicht vielleicht sympathisch war. Man dachte: ›Wenn sie hier sind, dann bestimmt nicht, um sich zu erholen. Das sind Leute, die geklaut, getötet, jemanden fertiggemacht haben...‹« Sie legt eine Pause ein. »Ich hab' die ganze Nacht kein Auge zugemacht, weil ich dauernd dachte, daß mir jemand an die Gurgel springt und mich kaltmacht... In der Zelle brannte ein syphilitisches Lichtchen. Man konnte nicht lesen... Und es roch so komisch. Ein typischer Geruch herrscht dort drinnen, den man nicht benennen kann. Eine Mischung aus Weihrauch, getrockneten Blumen, nassen Kleidern und Abort. Ich konnte mich nicht entspannen. Die Laken waren rauh, mit Gott weiß was befleckt... Die Pritsche stank nach Urin...« Noch eine Pause. »Eine hat gesagt, ich soll mit ihr onanieren, dann würde die Zeit schneller vergehen... Ich hab's ihr nicht gemacht... Dabei fällt mir das leicht, denn es gibt viele, die zahlen, nur um das zu tun.« Noch eine Pause. »Na, du wirst es mir nicht glauben, Professor, aber erst als die Sonne durch das Gitterfenster fiel, sind die Pritschen wieder Pritschen und die Insassen wieder Insassen geworden...«

»Das Tageslicht hat die Angstgespenster verdrängt...«, sagt der Professor kritzelnd.

»Ja, aber dann ist es auch nicht besser geworden... Ich konnte nicht mehr tun und lassen, was ich wollte... Und weißt du, was dann passiert ist...? Um mittag herum hab' ich mich nach der Nacht gesehnt, denn, in der Dunkelheit eingesperrt, konnte ich nicht mehr ans Ausgehen, Einkaufen, Leutebegrüßen denken...« Ein weiteres Schweigen. »Das Gefängnis wünsch' ich keinem von euch dreien...« Sie schüttelt lachend den Kopf. »Am Anfang hatte ich Lust zu kreischen, zu streiten... Doch ich hab' gleich kapiert, daß es beschissen ist, die Wächter aufzuscheuchen. Wenn jemand Lärm schlägt, müssen sie ihn in die Einzelzelle stecken... Was sollte ich also tun? Sollte ich den Nonnen etwa erklären, warum ich hier war? Für sie lebte ich sowieso in Todsünde...« Sie zuckt die Achseln. »Ich bin ganz ruhig geblieben, bin niemanden auf die Nerven gefallen, und vielleicht ist dies der Grund, warum man mich schon nach zwei Tagen gehen ließ...«

»Wie wär's mit einem Teller Rigatoni, Kleine Spanierin?« erschallt die fröhliche Stimme eines Patienten, der zur Tür hereinschaut und ihr etwas Dampfendes entgegenhält.

»Das läßt sich machen«, lacht die Spanierin, bei der die Stimmung jählings gewechselt hat und die sich plötzlich einen Dreck um Professoren und Doktoren schert. »Und was gibt's danach?«

»Die übliche Klosterkost... Frikadellen und Tomatensalat, Käse und zwei Birnen...«

»Da laus' mich doch der Affe!« lacht die Spanierin freundschaftlich. »Kein Wunder, seid ihr so groß, fett und bescheuert... Ihr haut euch den Ranzen voll wie die Schweine...«

»Du mußt probieren, Kleine Spanierin... Probier mal...«, sagt der Patient, der zur Tür hereinschaut. »Koste diese Rigatoni al Sugo, und dann sehen wir weiter...«

Das Mittagessen

Es ist fast 12 Uhr 30. Essenszeit. Alle hören auf zu arbeiten – Professor, Ärzte und Patienten. Die Spanierin hat sich bereits zu den Kranken und Pflegern im Speisesaal gesellt.

In dem großen, langen Saal stehen überall Plastiktische, gedeckt mit Plastikbechern, Wasserkaraffen und Plastikbestecken.

Die Spanierin, die inmitten von Kranken und Pflegern sitzt, langt zu wie nie zuvor in ihrem Leben. Sie verschlingt alles, was man ihr vorsetzt; freut sich an dem Plastikbesteck, als würde sie mit Puppen spielen.

»Magst du Rigatoni?«

»Ich mag sogar Frikadellen...« Und sie häuft sich die doppelte Portion auf ihren Teller. Sodann schmatzt sie sich durch einen Berg Tomaten, mit Öl und Essig angemacht.

»Ich esse gern«, sagt sie zufrieden. »Auch wenn der Zeiger der Waage gleich hochschnellt... Essen ist Leben, nicht wahr...? Trinken ist Blut, oder...? Bumsen dagegen ist manchmal eine Kraftanstrengung und manchmal wie Wasserlassen...« Sie lacht. »Wer weiß, was für ein Gesicht der Professor und seine Doktoren über diese Rigatoni schneiden, die genauso heiß und weich sind wie ihre Schwänze...«

Alle lachen. Im Speisesaal wimmelt es von fröhlichen Menschen, die Servierwagen mit Speisen vor sich herschieben. Zwei oder drei singen im modernen Stil, zwei oder drei im Stil der Tenöre von Anno dazumal. Sie stimmen Lieder an, als gälte es, einen Wettbewerb der Laien zu bestreiten. Einige Stimmen klingen süß wie Sirup. Einer unterstreicht seine Darbietung mit gefühlvollen Gesten, ein anderer zuckt am ganzen Körper, als verabreiche man ihm gerade wieder einmal einen Elektroschock.

Die Spanierin stimmt ein römisches Lied für Verliebte an, voll süßem Gefühl. Sie singt leidenschaftlich, als habe sie Tränen in den Augen, obwohl es sie völlig kalt läßt.

Im Eßsaal sind alle verstummt – Pfleger und Patienten. So einen Auftritt hat es hier noch nicht gegeben, nicht wahr...? Und dies schon zum zweitenmal! Jetzt sind wir bereits bei der Zugabe! Wenn eine Frau wie diese singt, scheint sie sich immer hinzugeben, sie scheint es dir zu geben und im nächsten Moment schon nicht mehr, im Augenblick gehört sie nur dir allein, dann allen oder wer weiß wem.

»Sing, Kleine Spanierin, sing!«

Sie würde niemals aufhören, wenn nicht die verdammte Glocke das Ende der Rigatoni-Zeit einläuten würde.

Badini, der Professor, die dazugehörigen Doktoren haben auf die armen, guten Sachen auf den Servierwagen voll Ekel verzichtet. Sie haben nur Coca Cola, Orangensaft und drei oder vier Kaffee – von denen, die die Pfleger zubereiten, mit Fernet darin, der aus einer Bar außerhalb des Krankenhauses stammt – getrunken. Sie wolle noch vor dem Abend mit dieser bekloppten Spanierin fertigwerden. Der Professor leidet an zuviel Magensäure und schlechter Verdauung. D'Allevi denkt an sein Eheweib, das ihm Capelletti in Hühnerbrühe versprochen hat. Sansavino ißt mittags nur Brötchen und trinkt dazu Mineralwasser ohne Kohlensäure; er spielt der Linie wegen Tennis, ihn erwartet der Herzinfarkt, der ihn fröhlich in den Hintern treten und ihn auf die rote Erde befördern wird – samt Schläger, Smash, Lob, Vor- und Rückhand.

Da haben wir's wieder

»Wie lange hast du die Schule besucht? Bis zu welcher Klasse hast du es geschafft?« fragt Dr. Sansavino anhand eines jener dämlichen, von amerikanischen Universitäten vorbereiteten und veröffentlichten Fragebogen.

Die Spanierin kann sich kaum noch an diese Zeit erinnern, obwohl sie nicht allzulang zurückliegt. Man hatte mit allen Mitteln versucht, sie durchfallen zu lassen, sie loszuwerden, weil sie ein Störenfried war, dauernd lachte und manchmal laut rülpste. Was das Lernen betraf, so fiel es ihr leicht. In Aufsatz und Rechnen zählte sie zu den Besten. Beim Aufsatz schlug sie alle, weil sie mit Verve loslegte und nicht mehr aufhörte. Es kam aber auch durchaus vor, daß sie den ganzen Tag vor sich hinträumte, sich den Kopf kratzte oder Grimassen schnitt. Dann warf sie die Lehrerin aus dem Klassenzimmer. »Sie sagte, ich würde den anderen den Nerv töten und zu schnell ermüden... Meistens passierte es gegen elf

Uhr morgens. Ich wurde müde, und dann machte ich Rabbatz, um wach zu bleiben, oder aber ich schlief einfach ein, den Kopf auf die verschränkten Arme gelegt...«

»Wann hast du mit der Schule aufgehört?«

»Nach der achten Klasse. Sofort nach Ende der Schulpflicht... Wohlgemerkt mit vollständigem Abschluß.«

»Hast du dich damals gern schön angezogen?« wirft Professor Badini aus dem Stegreif ein.

»Wenn ich ehrlich sein soll«, sagt die Spanierin nach längerem Schweigen, »so hab' ich, glaube ich, damals nur immer dasselbe Kleid angezogen...«

»Und das Problem mit deinem Vater, dem leiblichen?«

»Das hat mich nie gejuckt«, erwidert sie giftig. »Mutter hat immer nur von dem gesprochen, der in Griechenland starb...«

»Hat er dir gefehlt? Hättest du ihn gern kennengelernt?«

Die Spanierin zuckt die Achseln.

»Ich weiß noch nicht einmal, wie er hieß... Mutter wußte es genausowenig...« Sie hält inne. »Als Witwe ist sie auch auf den Strich gegangen...« Sie lacht fröhlich. »Sie hoffte, daß ich Sängerin oder Lehrerin würde... Aber Hure war ihr auch recht...«

Also

Also, die Spanierin hat die Schule besucht, sie war sogar gut, hat den Abschluß geschafft.

Was wollt ihr noch, Professor, ihr Doktoren und Quälgeister vom Dienst? Was wollt ihr noch auf eure Scheißblöcke notieren? Man hat sie geschnappt, als sie gerade ihre Matratze auf der Fensterbank lüften wollte. Sie trug noch den Morgenrock und sang. Wer hat den Abfallsack an ihrer Hausecke abgestellt?

Welcher Teufel hat in ihrer Dreizimmer-Erdgeschoß-Wohnung mit zwei Bädern, Garten und eigenem Eingang Asche und Schmutz hinterlassen?

Seid ihr die Wächter dieses weißen Paradiesgartens des Wahnsinns, wo Ärsche zu Gesichtern, Alpträume zu Gelächter und Elektroschocks zu Streicheleinheiten werden?

Die Spanierin mit ihrem herausfordernden Lachen hat das Leben immer mit anderen Waagen als den euren gewogen. Sie hat es in der Schüssel betrachtet, in der sie sich als kleines Mädchen wusch, und jetzt in dem genormten Badezimmerspiegel mit Chromverzierung und Lampe. Tut doch, was ihr wollt. Rennt ruhig aufs Klo, um eure zerebralen Masturbationen auszuführen, und kommt dann wieder, Notizen zu machen.

Und dann

»Hast du niemals ans Heiraten gedacht?«

Diesmal ist der Kleinen Spanierin Gelächter säuerlich.

»Bin ich blöd?« fragt sie.

»Wieso? Heiraten ist doch nichts Schlimmes und Ungewöhnliches«, sagt Professor Badini.

Die Spanierin schweigt drei oder vier Sekunden lang.

»Wissen Sie, was die beiden schlimmsten Dinge auf Erden sind?« fährt sie mit hysterischem Gelächter fort. »Erstens, Ehefrau zu sein... Sie schuftet wie ein Tier, kriegt keinen Heller dafür und kann nicht einmal sagen: ›Der Arsch kann mir gestohlen bleiben, kaum wacht er auf, schimpft er, kaum fällt er ins Bett, schnarcht er und kann seinen Pimmel beim besten Willen nicht ein einziges Mal im Monat mit 'nem Kran hochkriegen...‹ Zweitens Witwe zu sein, weil sie alle Scherereien einer Ehefrau hat, wenn sie sich einen Freund zulegt, sofort als Freiwild und Hure behandelt wird... Ich dagegen bin Hure gewesen, bin es noch und werd' es immer sein... doch für Bezahlung!« Sie lacht stolz.

»Das haben wir nie bezweifelt...«, sucht Sansavino zu witzeln.

»Wenn du den Mund aufmachst, meint man, du hast Gehirndurchfall«, geht ihn die Spanierin mit verächtlichem Gelächter an. »Denkst du niemals an deine Mutter oder deine Großmutter, die jahrelang im Namen Gottes, für ein paar Goldklunker oder nur der Familie wegen mit ihren Männern geschlafen haben...?« Sie schüttelt noch immer lachend den Kopf. »Die Armen...! Um dann mit einem solchen Dummkopf gesegnet zu werden...«

Sansavino wird blaß. Er knirscht mit den Zähnen, während ihn die Spanierin hämisch anlächelt und ihm ihre Beleidigungen ins Gesicht spuckt. Der Professor ermahnt ihn mit wissenschaftlichem Drohblick zur Ruhe.

»Hat man jemals um deine Hand angehalten?« geht er die Sache in anderer Form an.

»Das schon, drei- oder viermal«, sagt die Spanierin und versucht, sich daran zu erinnern.

»Und was waren das für Männer?«

»Das übliche... Einer wollte mich heiraten, weil er Hämorrhoiden hatte und sich wohl von mir Heilung erhoffte... Er schämte sich und wollte sich von keinem Arzt untersuchen lassen. ›Mit dir bin ich's gewohnt‹, sagte er. Ich versuchte ihn davon zu überzeugen, daß ein schmerzender Hintern noch kein Heiratsgrund ist. ›...Und was tun wir, wenn ich dir den Arsch eingeschmiert habe, etwa uns trennen?‹ fragte ich ihn. Er sagte, daß er die Salbe jeden Tag brauche. Er war komisch, der Arme. Also hab' ich ihn mit einer Krankenschwester zusammengebracht, die ein bißchen Pflegerin und ein bißchen Hure war; sie haben geheiratet...«

»Und leben sie glücklich zusammen?«

»Du stellst Ansprüche!« lacht die Spanierin. »Woher soll ich das wissen? Als ich ihn verlassen habe, hatte er noch Hämorrhoiden...«

»Und die anderen?«

»Einer sagte, daß er, bis er mich traf, Priester werden wollte... Ein besonderer Priester, einer von denen, die mit dem Fallschirm über Rußland abspringen, wo sie dann auf die Gefahr hin, geschnappt zu werden, Propaganda machen... Der war darauf versessen, mich zu erretten. Er sagte, daß ich durch unsere Heirat in den Himmel kommen würde. ›Und Rußland‹, lachte ich ihn aus. ›Glaubst du etwa, daß eine Hure im Paradies genauso viel wert ist wie all die Russen, die du bekehren wolltest?‹ Meiner Meinung nach hat er sich beim bloßen Gedanken an den Sprung aus dem Flugzeug in die Hosen geschissen...« Sie lacht. »Der sah immer aus wie ein Kalb auf'm Schlachthof. ›Warum willst du Geld von mir, wenn wir miteinander schlafen?...‹ – ›Weil ich von der Luft allein nicht leben kann‹, hab' ich geantwortet. ›Aber ich heirate dich doch...‹ Da hab' ich mich aufgeregt. ›Warum heiratest du nicht deine Schwester und springst mit ihr ohne Fallschirm über Rußland ab?‹«

»Und was sagte er dazu?«

»Daß ich eine Gotteslästerin bin...« Schweigen. »Der war dazuhin noch geizig. Im Restaurant hat er für sich nur eine Suppe bestellt und scheinheilig Erstaunen gezeigt, wenn ich mehr wollte. ›Du hast einen Mordshunger, was?!‹ sagte er. ›Sogar noch ein Schnitzel...! Kannst du den Käse nach den Broccoli vertragen...? Siehst du, jetzt brauchst du einen Fernet...!‹«

Die Spanierin schweigt eine Weile. Dann lacht sie schallend.

»Mit andauerndem Anpumpen und der Esserei hab' ich ihn mir schließlich vom Halse geschafft... Ich hatte schon drei Kilo zugenommen, aber eines Tages hat er dann kapiert und ist verschwunden...«

»Erinnerst du dich noch an einen anderen?«

Die Spanierin schweigt einige Zeit. Sie überlegt.

»Na ja, da war noch einer...« Sie blickt dem Professor in die Augen. »Vom Aussehen her hätt' er dein Bruder sein können... Breiter, aber genauso groß, der gleiche Schnurrbart... Er hatte ebenfalls kleine, engstehende Augen...«

»Kurz, ein Ungeheuer wie ich?« sucht der Professor zu lächeln.

»Das hast *du* gesagt... Für die, denen dieser Typ liegt, bist du sogar ein gutaussehender Mann... Für mich bist du nur dann blöd, wenn du den Professor rauskehrst...«

Sie lacht laut. Auch der Professor lacht noch vor den beiden Doktoren, die sich in hüstelndem Lachen ergehen.

»Der wurde nie müde«, sagt die Spanierin lächelnd. »Er war Taxifahrer... Er war durchaus fähig, mich nach dem Nachtdienst aufzuwecken, zwei Ladungen abzuschießen, mir von meinem Geld das Skonto für Schwerarbeiter abzuziehen, um sich dann beim Morgengrauen schlafenzulegen... Ich mochte, wie er aß: ›Ach, Kleine Spanierin‹, sagte er, ›los, wirf eine weitere Tüte Linguini in den Topf, ich mach' die Thunfischsauce...‹ Der war stark wie ein Stier. Als ihn einmal zwei aus der Stadt angegriffen haben, hat er sie erst zusammengeschlagen und dann ins Krankenhaus verfrachtet. Ein andermal hat er es Transvestiten gegeben, daß denen für immer die Lust daran vergangen ist, sich wie im Karneval zu verkleiden...« Sie schweigt eine Weile. »Er war der letzte Mann, mit dem ich's im Auto gemacht habe...«

Die schnelle Nummer

»Erinnern Sie sich noch, Professor«, sagt die Spanierin, zärtlich lächelnd, »an die Autoliebe, die man bis vor einiger Zeit in einem dunklen Eckchen oder im Schatten einer Brücke oder eines Busches genießen konnte? Diese flinken und dennoch befriedigenden Handarbeiten. Ich freute mich dabei, das war mein ganz privates Vergnügen, vor allem mit den ganz Jungen...«

»Ach, Spanierin, ich hab' nur fünfhundert Lire...«

»Komm, steig ein, beeil dich, nicht daß du noch schwul wirst...«

»Ach, Spanierin, was verlangst du für einen Nahkampf?«

»Das ist noch nichts für dich... Begnüg dich mit einer schnellen Autofahrt... Den Nahkampf sparst du dir lieber für die Verlobte auf, da kriegst du's umsonst...«

»Mit dir macht's mehr Spaß...«

»Dann leg die Hand nicht in den Schoß, während ich mich abmüh'... Faß an, kitzle mich...«

Die Jungens sind nach den Kraftakten jedesmal ziemlich bedripst, aber zitternd vor Glück ausgestiegen, um zu den anderen zu eilen und ihnen zu erzählen, sie hätten zweimal seitlich und dreimal von hinten aufgesattelt – lauter Lügen, dem Alter gemäß so hingeworfen.

Die Spanierin mischte sich einmal im Monat unter die Jugend auf der Piazza, obwohl sie schon ihre eigene Wohnung besaß. Sie scharte ein paar, sieben oder acht, um sich und kehrte mit leeren Taschen, aber um einiges jünger zurück.

»Das war Sozialarbeit, mein lieber Professor...«, sagt sie, noch immer über die Erinnerung lachend. »Wie die Wohlfahrtsspeisung. Ich war viel zu freigebig..., aber darauf kann ich stolz sein. Ich hab' ihnen sogar noch hundert Lire für die Straßenbahn gelassen... Und dann fingen die Überfälle dieser Hurensöhne an. Man konnte sich nachts nicht mehr ins Gebüsch oder durch dunkle Gäßchen wagen. Es ging kein Abend vorbei, ohne daß nicht eine mit eingeschlagenen Zähnen und ohne Tasche heimkam.

Es sind Frevler, Verbrecher, die die schönste Erfindung jugendlicher Liebe zerstört haben – die schnelle Nummer, die flüchtige Episode oder die rasante Autofahrt...

Und alles aus reiner Zerstörungswut, der Lust am Krawall, an der Schlägerei, um vielleicht fünftausend Lire zu ergattern, mit denen sie sich womöglich den Arsch wischen...«

Die Spanierin mußte aufgeben. Stinkwütend, aber es ging einfach nicht mehr.

Andererseits verlor die Sache in ihrer Wohnung mit dem Diwan, der Seidendecke über dem Bett, dem Teppichboden und der Hausbar, ohne das Schattendunkel, die Hast der drei Minuten ihren Reiz, wurde zur bloßen Tarifangelegenheit.

Den Jungen gefiel es auch nicht mehr.

Orest

»Das letzte Mal, daß ich also den Freudenschauer beim Blasen des Jagdhorns im Freien erleben durfte, war zu sammen mit Orest, dem Taxifahrer, und zwar in dessen Taxi...«

Sie fuhren einen kleinen Hügel am Stadtrand Roms hinauf und brachten den Wagen hinter Büschen zum Stehen. Doch während sie sich vollen Herzens dem Jugendstreich hingaben – mit dem Taschentuch in der Hand, aufgeknöpfter Hose und leicht heruntergestreiftem Unterhöschen – verletzte sie das grelle Licht einer Taschenlampe, hinter dem man drei, vielleicht vier Schatten ausmachen konnte.

»Wenn man sie braucht, kommen die weißen Mäuse nie vorbei«, fluchte Orest durch die Zähne.

»Mach schon...«, piepsten die jugendlichen Stimmen, die sich hinter dem Schein der Taschenlampe verbargen.

»Was heißt hier, mach schon?« sagte Orest.

»Mach schon und steig aus. Wir nehmen uns schön der Reihe nach die Dame vor, und dann rückst du deine Tageseinnahmen raus...«

»Das find' ich eine prima Idee...«, sagte Orest seelenruhig.

Die Spanierin dagegen zitterte am ganzen Körper. Denn sie fürchtete nichts mehr als Gewalt – sieben oder acht, die wie Tiere über sie herfallen würden. Doch sie hielt den Mund.

Sie sah stumm Orest an, der hinter dem Lichtstrahl die Gesichter jener auszumachen suchte, die die Tür geöffnet hatten.

»Komm, mach schon, beeil dich, du Sack...! Steig aus, wir haben's eilig...«, fauchte eine dieser Stimmen.

Dann packten ihn zwei Hände am Revers und zogen ihn aus dem Wagen. »Merk dir«, sagte eine andere, genauso junge und scharfe Stimme, »daß ich den Revolver auf dich gerichtet halte... Und sollte dir der nicht genügen, dann kannst du die Klappmesser zu spüren kriegen...«

Die Messerklinge blitzte für einen Augenblick im Licht der Taschenlampe auf. Die Spanierin preßte die Lippen zusammen, man hätte ihr in dem Moment noch nicht einmal mit Tritten in den Hintern einen Laut entreißen können.

»Und jetzt, Gesicht ins Gras...!«

Von dem Moment an, wo Orest so tat, als wolle er niederknien, sprühte es um die Spanierin herum wie ein Feuerwerk.

Nur wenige Sekunden, eine Minute höchstens.

Orest hatte den Arm desjenigen gepackt, der die Taschenlampe hielt, und schlug damit in sein Gesicht. Ein Schrei ertönte, als würde man ein Schwein abstechen. Der mit der Waffe schoß, und Orest tat es ihm gleich – mit der Pistole, die er unter seinem Jackett trug. Er machte gleich zweie kalt, obschon er einen Schuß in den Schenkel abgekriegt hatte. Er hätte auch noch den vierten erwischt, der – wie ein aufgescheuchter Hase – im Licht der Taxischeinwerfer zu flüchten suchte, hätte die Spanierin nicht aufgeschrien und Orest angefleht, aufzuhören.

Als die Polizei endlich eintraf, weinte einer stumm, weil ihm das halbe Gebiß in der Gurgel steckte; jener, der abhauen wollte, hatte sich das Bein gebrochen, als er über einen Felsbrocken stolperte, und Orest verband sich gerade den verletzten Schenkel mit dem Taschentuch, das für die Säuberung des Blasinstruments vorgesehen gewesen war.

Er war nachher sogar noch zu Scherzen aufgelegt. »Siehst du, Kleines«, sagte er, »dieses Taschentuch sollte eigentlich nicht von diesem häßlichen roten Blut getränkt werden...«

Der schlimmste Anblick waren jedoch die beiden Leichen am Boden: Zwei Knaben noch, nicht einmal achtzehn, mit engen Hosen, breitgestreiften Hemden, Gürtel mit Nieten, weichen Locken, die in die erstaunten Gesichter fielen.

Ihre Augen waren weitaufgerissen, wie die von jemandem, der die Dinge nicht glauben will. »Wie denn?« sprachen diese Augen. »Ich hatte doch die Knarre, ich hatte doch das Messer, und du schießt und bringst mich um...? Bist du verrückt...?«

Die Spanierin brach schluchzend zusammen.

»Die Jugendzeit ist vorbei...«, schrie sie mit verquollenen Augen dem Kommissar ins Gesicht. »Die Zeit des Flötenspielens im Grünen ist vorüber!«

Diese toten Jungen hätten durchaus jene sein können, die ihr vor nicht allzulanger Zeit noch sagten, sie hätten nur fünfhundert Lire.

Sie fühlte sich hundeelend. Warum hatte sich die Welt so verändert?

Die Beamten vom Kommissariat versuchten vergeblich, es ihr zu erklären. Sie konnte Gewalttätigkeit nicht begreifen, denn die war ihr völlig fremd.

»Drei Zimmer und zwei Bäder – ich schließ mich ein. Wenn ihr mich braucht, dann läutet. Ich schau' durch den Gucker, stell' die Alarmanlage ein und laß' euch nur rein, wenn ihr mein Vertrauen erweckt, sonst könnt' ihr euch zum Teufel scheren... Ich will keine Toten mit Gesichtern wie Botticelliengel mehr sehen. Ich mag keine schießenden Engel, die den Leuten den Arsch spalten und mich zu viert vergewaltigen wollen...«

Man mußte ihr drei oder vier Beruhigungsspritzen geben, dann wurde sie in die Erste Hilfe transportiert, von dort aus auf Station gelegt, wo man sie mehr als eine Woche behielt.

Orest kam besser davon. Er hatte in Notwehr geschossen. Das bezeugten sogar die beiden, die man lebend geschnappt hatte. Orest wurde also zu einer Art Nationalheld. Eines nachts weigerte er sich, jemanden, der sein Mißtrauen erweckte, zum Stadtrand zu fahren. Der regte sich prompt auf, was Orests Vermutungen bestätigte, und schrie laut: »Euch Taxifahrern müßte man allesamt den Arsch aufreißen...«

Orest streckte die Nase zum Fenster hinaus.

»Junger Mann«, sagte er seelenruhig, »jemand, der das versucht hat, dient jetzt den Zypressen im Friedhof von Primaporta als Dünger... Wenn dir nichts Besseres einfällt, steig ein... Ich heiße Orest«, schloß er.

Dieser Name – Orest – war durch alle Zeitungen gegangen, der junge Mann mußte ihn etliche Male gelesen haben, denn er entschuldigte sich schleunigst mit gedämpfter Stimme und machte sich sogleich auf die Suche nach einem weniger gefährlichen Fahrer.

Doch die Furcht vor Mord und Totschlag hatte sich in der Spanierin Gehirn geschlichen. Wenn sie durch die Straßen lief, schielte sie ständig über ihre Schulter, um zu sehen, ob sie jemand verfolgte. Und manchmal befiel sie ein Zittern – womöglich wenn sie gerade einen Wechsel unterschrieb oder einen Kaffee trank. Sie pumpte sich mit Pillen voll und wurde zum Dauergast ärztlicher Praxen.

»Alles Leute wie ihr, die sich ins Fäustchen lachen, wenn sie mich sahen... Und es gab keine Hoffnung, sie in Naturalien zu bezahlen. Die wollten nur Silber und Papier, Lira um Lira...«

»Bist du noch immer in Behandlung – nimmst du noch Medikamente?«

»Das würde euch so passen, was?« lacht sie. »Nein, ich hab's aufgegeben, als ich endlich kapierte, daß die

Zeit des Vagabundierens endgültig vorbei war, daß ich mich durchsetzen, mich mit den gegebenen Umständen abfinden mußte. Ich erinnerte mich daran, daß der Betrug das höchste Gebot einer jeden Hure ist, sie hat ein herzloser Stein zu sein... Ich konnte nicht zuschlagen, Ohrfeigen verteilen und schießen. Ich mußte mich mit meinen Waffen wehren, etwas vorsichtiger sein, bevor ich die Beine spreizte, die Männer begutachten, bevor ich sie zu mir ließ...«

»Auch Orest?«

»Warum nicht?« lacht sie säuerlich. »Der hatte schließlich geschossen. Er hatte sie kaltgemacht – wenn das Recht auch auf seiner Seite stand. Doch mir hat diese Filmszene à la Hollywood nicht gefallen...«

»Hast du ihn weiterhin getroffen?«

»Die einzige Antriebsfeder der Hure ist das liebe Geld, verehrter Professor«, meint die Spanierin ohne Begeisterung.

»Und wann hat er um deine Hand angehalten?«

»Einige Zeit nach dem Tod seiner Mutter. Er litt immer mehr unter Appetitlosigkeit.«

»Lebte er mit seiner Mutter zusammen?«

»Ich weiß nicht genau, aber ich hatte den Eindruck, daß sie sogar im selben Bett schliefen... Nicht daß da etwas passierte. Er war das von klein auf gewohnt, weil sein Vater als junger Mann bei einem Bombenanschlag gestorben war... Man hatte ihn mausetot, mit vollgeschissenen Hosen gefunden...« Eine Pause. »Das hat er, Orest, mir erzählt...«

Es folgt ein kurzes Schweigen. Die Papierschmetterlinge verblassen an den Wänden genau wie die Hampelmänner. Bald wird man Licht machen müssen, und das ist schlimm, weil die Eiseskälte des Neonlichts ihre Seele verbrennen wird.

Und alle warfen sie unwillkürlich einen Blick aus dem Fenster auf die Bäume, die grau werden, das dichte Blätterwerk und den Himmel, der die Fröhlichkeit des hellichten Tages verliert.

Dr. Sansavino wirft einen verstohlenen Blick auf seine Armbanduhr. Vor der Tür, auf der Station herrscht absolute Stille, so als wären alle woandershin geflüchtet. Die Spanierin betrachtet ihr Profil im Glaseinsatz eines Schrankes.

»Diese Sache mit seinem vollgeschissenen Vater hat ihm wehgetan«, fährt sie fort. »Manchmal träumte ihm, daß er und seine Mutter den Vater ausbuddelten, ihn nach Hause brachten, wuschen, ihm neue Kleider verpaßten und daß er danach auferstand. Dann hat der Vater sich entschuldigt: ›Es ist blitzschnell geschehen, Sohn... Es hat meinen Körper zerrissen... Verurteilt mich nicht‹, sprach er. ›Orest, ich hoffe, daß du das niemals erleben wirst, ein Bombenanschlag ist verdammt gräßlich. Man weiß nicht, wohin, alles fällt zusammen – Mauern, Häuser und Menschen – und es schlägt so große Löcher in den Boden, daß man auf der anderen Seite Amerika zu sehen glaubt.‹«

»Und warum hatte es sich Orest angewöhnt, bei seiner Mutter zu schlafen?« fragt D'Allevi.

Die Spanierin zuckt mit einem irritierten Grinsen die Schultern. »Der Zustand seiner Mutter war noch schlimmer... Sie blieb die ganze Nacht wach, weil sie angeblich Scheiße roch... ›Ich kann diesen Gestank nicht aushalten... Ich kann ihn nicht aushalten!‹ schrie sie. ›Schau doch mal nach, ob das Klo verstopft ist.‹ Sie zog wenigstens hundertmal am Tag die Wasserspülung und hielt sich ständig eine Kölnischwasserflasche unter die Nase, so daß sich nach einer Weile Ekzeme bildeten. Doch vergebens, denn für sie stank selbst das Kölnischwasser nach Scheiße...« Die Spanierin kichert merkwürdig. »Also, Sie Herr mit Pappmachéhirn«, fuhr sie, an D'Allevi gewandt, fort, »das ging sogar so, wenn er zu mir kam. Nach einer Weile zog er sich hastig an. ›Ich muß zu meiner Mutter‹, sagte er, ›sonst erstickt sie noch in der Scheiße...‹ Wenn er Nachtdienst hatte, wartete seine Mutter auf ihn, und dann schliefen sie beide tagsüber bis fünf Uhr nachmittags, ohne zu essen...«

»Verflüchtigte sich der häßliche Geruch, wenn sie miteinander schliefen?«

»Vielleicht...! Wer kann das schon wissen, lieber Professor!« Ein kurzes Schweigen. »Nicht daß mir Orest auf die Nerven gefallen wäre. Ganz im Gegenteil. Er blieb nie lange unter der Decke liegen und ließ mich in Ruhe schlafen, denn ich schlafe nur alleine gut...« Sie lacht zögernd. »Vielleicht bin ich verrückt?« sagt sie.

»Warum hast du ihn dann nicht geheiratet?« nimmt der Professor das Thema wieder auf.

»Eben... Warum eigentlich nicht...? Du hast recht...!« lacht die Spanierin scherzhaft. »Schaut einer an, darüber hab' ich nie nachgedacht...!« Sie lacht nochmals gutmütig. »Professor, ich bring' dir das Blut in Wallung, was...? Nimm's nicht tragisch... Wenn du mit mir sprechen willst, mußt du das hinnehmen. Ich bin nun mal so...« Ihr Lächeln wird freundlich. Sie streckt eine Hand aus und streicht ihm übers Gesicht, so, als wolle sie sich entschuldigen. Und da der Professor zaghaft und verlegen lächelt, fährt sie fort: »Er wurde krank beim Gedanken, Junggeselle zu bleiben... Er beneidete alle Cousins und Freunde, die geheiratet hatten... Was hatte ich damit zu tun...? Eine Hure heiratet man nicht. Peppa, die Spanierin, steckt sich keinen weißen Schleier auf, um ›Ja‹ zu sagen... Ich hab' versucht, ihm das beizubringen... Und jetzt töt mir nicht den letzten Nerv mit diesen Heiratsgeschichten, sonst mach' ich dir, was ich nur allzugern diesem kleinen Scheißarzt antun würde...«, schließt sie, zu D'Allevi gewandt.

»Und das wäre?« fragt der Professor lächelnd.

»Lach nicht, Professor, sonst knöpf' ich dich mir ebenfalls vor... Dich laß ich dran riechen, luchs dir das Geld ab und schick dich dann, ohne dich ranzulassen, zum Teufel...« Die Spanierin lacht zufrieden. Sie ist jetzt in Hochform und legt los: »Ich gehör' zu denen, die den nächsten schon im Klo versteckt halten, während sie den ersten im Bett haben... Ich weine mit einem Auge und lache mit dem anderen und erzähle mehr Lügen als Münchhausen, selbst wenn ich die Wahrheit sage... Hast du mich verstanden, du Stinktier?« schleudert sie stolz D'Allevi entgegen.

»Ich bin keine Schönheit«, erwidert dieser mit einem dünnen Lächeln, »aber auch kein Stinktier...«

»Doch, doch, du stinkst... Du bist ein Stinktier«, lächelt die Spanierin. »Du mußt nicht gleich beleidigt sein...«

»Ich bin eigentlich selten beleidigt...«, entgegnet Dr. D'Allevi mit vorgetäuschter Freundlichkeit, »doch hier hagelt es Kränkungen...«

»Meiner Meinung nach kann man dir nichts recht machen – nicht einmal mit einer Beleidigung«, sagt die Spanierin. Und: »Komm, Herr Doktor, lach doch wenigstens darüber...! Was kümmert's dich, wenn du mich anekelst, weil du wie eine Kloake stinkst...? Das ist meine ganz persönliche Meinung, die sowieso nur so lange lebt, wie ich sie ausspreche... Du brauchst nicht mit mir übereinzustimmen, ich kann dir doch egal sein, oder?«

Es folgt betretenes Schweigen. Sie zündet sich einen Zigarillo an.

»Armer Orest. Ob er so ein armes Weib zum Heiraten gefunden hat...? Ich hoffe nicht... Für sie natürlich... Auch wenn er, abgesehen von einigen Schläger- und Schießereien, kein schlechter Mann war...« Sie seufzt, bläst Rauch in die Luft.

»Ich hab' Lust, ein bißchen zu fluchen...«

»O Kleine Spanierin«, schreit in diesem Moment eine fröhliche Stimme von der Tür her.

Der Spaziergang durch die Stadt

Es ist ein Kranker von einer anderen Station, der, kaum hat er gehört, die Spanierin sei da, herbeigeeilt ist.

»Erinnerst du dich noch, Kleine Spanierin?«

Die Spanierin lacht. Sie erkennt ihn nicht, weiß aber, daß sie Wiedersehensfreude vortäuschen muß.

»Na klar!« schreit sie fröhlich.

Der Professor und die Doktoren nehmen zu ihrem größten Erstaunen diese seltsame Freundschaft zur Kenntnis.

»Wo hast du sie kennengelernt?« fragt Badini den Patienten.

»Während eines Spaziergangs durch die Stadt natürlich«, erwidert der Kranke immer noch lachend. »Wenn Sie wüßten, wie schön sie nackt ist, Herr Professor... Sie müßten sie darum bitten, sich Ihnen vielleicht im Klo zu zeigen, falls diese beiden Knallschoten es erlauben...«, sagt er und zeigt auf die Doktoren.

Er lacht. Auch die Spanierin lacht.

»Keine schlechte Idee. Was sagst du dazu, Professor?« fährt sie fort zu lachen.

Die Spanierin kann sich nicht erinnern, aber dieser Bursche ist ihr bestimmt mit einer jener Gruppen ins

Haus geschneit, die von Zeit zu Zeit die Erlaubnis erhalten, die Mauern der Villa zu verlassen, um unter der Aufsicht von Pflegern auf die Suche nach Huren zu gehen – im Anstaltsjargon ›Prostituierte‹ genannt.

Die Spanierin hat sich nie verweigert – einer kam nach dem anderen dran, ohne daß ein Preis ausgehandelt wurde.

»Was bleibt ihnen sonst, den Armen? Das Fingerspiel...«, sagt sie zum Professor.

Inzwischen ist der Kranke vollends ins Zimmer geschlüpft.

»Spanierin, du siehst noch besser aus...«, sagt er begierig.

»Danke. Doch hier ist weder der Ort noch die Zeit...«

»Was machst du? Kommst du mich nachher auf meiner Station besuchen?«

»Machen wir es so, daß du mich zu Hause besuchst, wenn du kannst...«

»Sowie ich Ausgang bekomme...«, sagt der Kranke und stellt sich in eine Ecke, von wo aus er sie mit weitaufgerissenen Augen fixiert. »Wenn Sie wüßten, wie die arbeitet, Herr Professor«, murmelt er mit verträumtem Blick. »Ich war schon bei vielen, aber wenn ich ein Vermögen hätt', würd' ich's mit der Spanierin durchbringen...«

»Man überhäuft dich mit Komplimenten...«, sagt der Professor zur Spanierin.

»Was sollen sie denn sonst tun, etwa Lobeshymnen über deinen Arsch singen?« lacht die Spanierin boshaft. »Ich versteh' eben etwas von meinem Beruf... Hoffentlich du ebenso von deinem...« Und während sie die Beine übereinanderschlägt, deutet sie auf den Patienten, den ein Krankenpfleger gerade aus dem Zimmer drängen will. »Du solltest sie einmal sehen, wenn sie ankommen... Die sehen aus wie in Öl gebadete Mäuse, wie räudige Katzen... Verschreckte Gesichtchen, die dauernd lachen, um sich für das zu entschuldigen, wofür sie gekommen sind... Wenn man ihnen ein Schlückchen anbietet, lehnen sie es sofort wegen der Therapie ab, so daß ich jedesmal einen von ihnen Mineralwasser und Fruchtsäfte holen lassen muß... Hin und wieder gesteht mir einer mit gesenktem Kopf, daß er den Pfleger belogen und in Wirklichkeit keine Lire zum Huren hat. Was macht man da? Schickt man ihn mit leeren Händen weg...?«

Sie schweigt einen Augenblick, blickt durchs Fenster. Der Himmel wird immer dunkler.

»Aber sie sind immer sauber... Sie riechen ein bißchen nach schlechtgewaschenen Sachen, aber ihre Haut ist immer schön weiß, mit Kernseife geschrubbt...«

Sie lächelt und wirft dem Patienten, den der Pfleger ganz sacht aus dem Zimmer gelotst hat, eine Kußhand zu.

»Für einige ist es sogar das erste Mal... Kaum ist so einer mit mir allein, bittet er: ›Ob's jetzt klappt oder nicht, Fräulein, Sie brauchen es den anderen nicht zu erzählen... Sagen Sie ihnen, das alles gutgegangen ist, selbst wenn ich es nicht ganz schaffe.‹ Die sehen aus wie gerupfte Hühnchen.

›Komm her‹, sag' ich zu ihm. ›Komm, zieh dich aus... oder behalt deine Sachen an, wenn du dich schämst... Erschrick nicht, wenn du mich nackt siehst. Ich unterscheide mich von dir nur durch zwei Titten und ein Schlitzchen... Doch schau nicht zu lange hin, denn, wer weiß, was du dir vorgestellt hast, und jetzt bist du womöglich enttäuscht, wenn du alles in natura siehst... Mach die Augen zu, ich geb' den Takt an... Du folgst mir, immer schön langsam, nur nicht zu stürmisch...‹

Und dann muß man natürlich ein bißchen übertreiben. ›Heiliges Kanonenrohr, bist du gut... Weißt du, daß nur wenige mit einer Latte wie der deinen protzen können...?‹ Und sie lachen, sind glücklich und vergessen ihre Angst. Sie kommen als Knaben und gehen als Männer...« Die Spanierin schweigt.

Plötzlich erfaßt sie alle namenlose Wehmut. Der Tag scheint erst jetzt anzubrechen.

Liebe

»Und die Liebe...? Ich meine, die echte?« fragt Professor Badini bedeutsam.

»Gibt es die? Existiert die noch?« lacht die Spanierin gezwungen. »Einmal hat mich einer aufgrund seiner angeblichen Liebe mit Eifersucht verfolgt...« Sie hält inne, lacht etwas entspannter. »›Wie steht's‹, hab' ich gesagt, ›zahlst du für das Bumsen der anderen?‹ Nun, was soll ich dir sagen, die Liebe ist ihm schnell vergangen...«

Ein Krankenpfleger bringt weiteren Kaffee.

»Ist das echter?« fragt die Spanierin.

»Ganz besonderer«, sagt der Pfleger. Und er stellt vor jeden eine Tasse davon.

»Nein, keinen Zucker«, sagt die Spanierin. »Ich darf nicht dicker werden... Die Figur ist schnell verhunzt... Und dann...? Die Preise fallen, die Kunden wechseln das Geschäft... Da ist mir bitterer Kaffee lieber...« Sie bricht in jähes Gelächter aus. »Professor, weißt du eigentlich, daß du ein richtiger Miesling bist, ein Hurensohn, wie man ihn schlimmer nicht einmal unter den Söhnen von Huren findet?«

»Warum?«

»Die Stärke der Hure, lieber Professor, besteht darin, daß sie erst vor einer halben Stunde geboren wurde. Wenn man nicht gleich alles loswird, stinkt man bald schlimmer als ein Bahnhofsklo... Und du stellst nichts als Fragen, willst von mir wissen, was gewesen und was nicht gewesen ist, was war und nicht war...«

»Das ist mein Beruf...«

»Warum läßt du mich nicht in Ruhe?« lacht sie. »Willst du wirklich, daß mir die Seele zum Hintern rausläuft?«

»Ich sprach gerade von Liebe...« Die Stimme von Professor Badini ist, obwohl er doch immer ein Idiot bleiben wird, beinahe zärtlich geworden, so als hätte er, trotz seines Hohlkopfes, etwas aus den Notizen gelernt, die er auf seinen Block kritzelt.

»Was heißt hier Liebe, Liebe...! Wie soll sich jemand, der sich für Geld hergibt, verlieben können...?« lacht die Spanierin ärgerlich.

Das klingt zu brutal, Kleine Spanierin! Es muß da noch etwas geben.

Niemand widerspricht ihr, und so fährt sie, anstatt sich einen Zigarillo anzuzünden und sich zu beruhigen, für sich fort:

»Eine Hure muß nur die Leute übers Ohr hauen... Und je mehr sie sie übers Ohr haut, um so berühmter wird sie... Die Stärke der Hure liegt in ihrer Unberechenbarkeit...«

Sie hält inne und fährt dann heftig fort: »In ihrer Unberechenbarkeit und ihrem Arsch... Ja, genau, im Arsch!« schreit sie den drei Entgeisterten ins Gesicht. »Ja, ich meine im Arsch, im Arsch...«

Sie rutscht auf ihrem Stuhl in eine bequeme Position. Es ist beinahe dunkel draußen, und sie machen das Licht an. Gottlob nur die Tischlampen und nicht die grellen Neonleuchten an der Decke.

Gibt es einen anderen Ausgang?

Das Schweigen ist lang. Es mutet wie eine unheilbare Krankheit.

Und dann versucht die Spanierin ein letztes Mal, den Kurs zu wechseln. Sie seufzt, begibt sich zu einem der Schränke und versucht, mit ihren rotlackierten Nägeln einen Papierschmetterling abzukratzen.

»Wenn man bedenkt«, sagt sie, »daß miteinander zu schlafen das Beste auf der Welt ist...«

Das ist ein Fortschritt, ein halbes Zugeständnis. Sie nähert sich dem Fenster, schneidet einem vorbeigehenden Kranken eine lustige Grimasse.

»Dann hast du also auch Spaß am Sex?«

»Du etwa nicht?« entgegnet die Spanierin mit halbherzigem Gelächter. »Entschuldige«, sagt sie dann auch sogleich, »das war dumm... Denn selbst wenn es mir Spaß machte, kann ich mir den nicht leisten...«

»Wer verbietet es dir?«

»Huren sind die Hände gebunden, die können nicht tun, was sie wollen«, sagt die Spanierin. Die Schminke scheint abzublättern wie bei Schauspielerinnen nach einem Drehtag unter sengenden Scheinwerfern. Ihr Gelächter hat die aggressive Spitze verloren, ist süßlich geworden.

»Weißt du«, fährt sie fort, »der schlimmste Feind der Huren ist die Lust... Wer gern bumst, ist verloren. Sie fangen dann an, im Kopf mit Puppen zu spielen, wie kleine Mädchen...« Sie starrt weiter durch das Fenster. »Huren sind keine Frauen, sie sind Huren... Sie fühlen sich nicht wohl in ihrer Haut wegen irgendwelcher Hirngespinste...« Die Spanierin spricht leise, sie flüstert es, ohne sich umzudrehen. »Sie haben Angst vor dem Alter, weil ihr Körper ihr einziges Kapital ist. Und wenn der mürbe wird, kann man die Kerzen ausblasen und das Kruzifix in die Sakristei zurücktragen...« Sie macht eine verärgerte Handbewegung. »Und da steht nicht nur das Geld auf dem Spiel, wie ihr Scheißkerle bestimmt denkt... Denn nach dem Taufbecher hat es nichts Wertvolles mehr in ihrem Leben gegeben... Sie haben kein Interesse an Büchern, am Theater, nichts, was sie ablenkt... Sie haben nur Muschis, Titten, Arsch, Schenkel, und das ist auch alles...«

Man könnte meinen, daß sie weint. Sie verhält einen Moment, doch das könnte auch gespielt sein.

»Ach was«, fährt sie ärgerlich fort. »Es fehlt nicht viel, und ich flehe euch Drecksvisagen noch um Almosen an...« Ihre Lache klingt hysterisch. »Gottlob seid ihr zu morbide, um mein Gequassel überhaupt zu verstehen...«

Vielleicht doch nicht

»Vielleicht doch nicht, Spanierin...«, sagt Professor Badini leise, aber fest.

»Das ist mir scheißegal!« schreit die Spanierin. »Weißt du, daß es mir schnuppe ist, was du verstehst?« Und nach einer kurzen Pause: »Zu eurem Glück sind die meisten Huren besoffen, dumm, verschwenderisch oder grob... Sonst hätten sie sich euch alle schon längst zurechtgebogen – im Klo das Wasser zu ziehen...«

Sie kratzt sich gewollt vulgär den Kopf und setzt sich wieder vor den Tisch mit der Filzdecke, vor die Schmetterlinge und Blumen, die Hampelmänner und all die dämlichen Symbole wissenschaftlichen Hochmuts. Sie lacht noch, dann unterbricht sie sich jäh. »Verdammt noch mal, was erzähl' ich da für einen Blödsinn«, murmelt sie ernst. »Der gellt durch's Zimmer wie 'ne Alarmglocke...« Sie verstummt. »Der gellt durch's Zimmer wie 'ne Alarmglocke...«, wiederholt sie leise, als suche sie zu begreifen, was sie da gesagt hat.

Die drei sehen sich an. Sie zücken ihre Kugelschreiber. Der Gefolterte wird bald zusammenbrechen. Der Gefolterte wird reden, verdammt noch mal! Er wird beichten, wird sich sein eigenes Grab schaufeln. Er wird kotzen und aus dem Mund scheißen, so ausgehöhlt, so zerstört ist er – ein Häufchen Unrat.

Sie halten ihre mordlüsternen Federn bereit! Man ist übereingekommen, die Abfallsäcke an der Straßenecke abzustellen und die Urinale über den Ledermöbeln im ›englischen Stil‹ auszuleeren.

Die Spanierin redet – sie klappt zusammen wie eine Mausefalle. Man mußte ihr nur freien Lauf lassen, sie vier Beleidigungen, zwei Flüche und zehn Dummheiten ausspucken lassen.

»Ach, was soll's, man kann nicht leben, wie man will...«, murmelt die Spanierin. Sie hat ihre Zigarillos aufgeraucht. Sansavino reicht ihr seine Zigarettenschachtel.

»Verdammt, was rauchst du für ein Kraut!« lacht die Spanierin und schnellt hoch. »Weißt du nicht, daß diese Mentholmischungen Herzschäden verursachen?«

Sansavino läuft es kalt über den Rücken. Er faßt sich an die linke Brustseite und massiert die Stelle drei- oder viermal, nur um sich zu vergewissern, daß da noch ein Herz ist und daß es auch schlägt.

»Es ist doch sinnlos«, fährt die Spanierin mit klagender und, um ehrlich zu sein, nervtötender Stimme fort. »Man kann Jungfrau sein, niemals unanständig reden, essen, wie Christus es vorschrieb, leise pinkeln, lautlos scheißen, niemals stinken... Im Endeffekt, summa summarum, hat man doch immer eine Handbreit zuviel von allem...«

Sie zuckt ratlos die Achseln.

»Und dabei geht es nicht um Schwanz und Pflaume...! Es geht nicht um Mann oder Frau, Hure oder nicht, Herr Professor Schwanzattrappe...« Sie lacht verbittert und schaut abermals zum Fenster hinaus. Verdammt noch mal, muß sie ausgerechnet in einem Zimmer voller züngelnder Schlangen den Tränen nahe sein?

Die drei spitzen die Ohren. Irgend etwas ist hier faul – sie wittern die Katastrophe, ein Geheimnis...

Er

»Name, Nachname... Ich hab' nichts darauf gegeben«, sagt Giuseppe Palla, genannt Peppa Palla, genannt die Kleine Spanierin, plötzlich. »Ich weiß nur, daß er ein Mann war, ein Gehänge und zwei so große Augen besaß, daß sie ein einziges zu sein schienen. Sein Gesicht wirkte jung, wenn auch nicht mehr knabenhaft... Er war so um die dreißig...«

»Du kannst dich aber gut an ihn erinnern...«

»Sollte ich mich etwa an dich erinnern«, kontert die Spanierin sofort, »weil du schwarz und weiß scheißt wie eine seekranke Katze?«

»Woher willst du das wissen?« erwidert D'Allevi beleidigt.

»Oh, dein Gesicht besteht doch aus lauter Mist...«, sagt die Spanierin. Und noch einmal ist sie, diese blöde Kuh, den Tränen nahe. Doch es gelingt ihr, sie zurückzudrängen und sich für das Freikotzen zu entspannen.

»Das Besondere an ihm war die Stimme. Keine schöne

Stimme... Eine kratzige Stimme, so als würde ihm im Hals ein Rädchen fehlen... Doch mich hat sie sofort fasziniert... Ich war wie vom Schlag getroffen...« Sie hält inne, wendet ihren Blick zur Decke wie all jene, die sich von sentimentalen Gedanken hereinlegen lassen, und seufzt so laut, als ob ihr dabei die Seele aus dem Leib fahre.

»Es ist an einem Dienstagabend passiert...« Sie hat nunmehr den träumerischen Blick eines Menschen angenommen, dem ein Klistier verabreicht wird. »Ich war zu Hause, und er ruft an. Er hatte die Nummer von einem Freund, weiß der Teufel von wem, bekommen... Ich stolpere sofort über diese Stimme, so als hätte mir dieser Hurensohn ein Bein gestellt...« Und diesmal gleitet ihr der ›Hurensohn‹ so zärtlich über die Lippen wie ein Kuß für ein frischgebadetes Neugeborenes, das nach Puder und dem süßlichen Pipi jener Säuglinge riecht, die kurz zuvor an der prallen und wohlduftenden Brust ihrer Mutter nuckelten. »Ich sag' ihm, er soll hochkommen. Er will, daß ich runterkomme... Du wirst es mir nicht glauben. Professor, weil du ein herzloser Gehirnakrobat bist, aber als er das sagte, klang in seiner Stimme ein verzweifelter Schluchzer mit, als ob er mich anflehte: ›Gib mir deine Hand und hol mich hier raus...!‹ So daß ich, ohne die Unterhose zu wechseln, mir einen Pelz überwerfe und runterrenne...«

Sie seufzt.

Sie blickt die drei an, die geziert lächeln wie Tunten.

»Ihr braucht gar nicht so blöd zu grinsen, ihr Idioten«, sagt die Spanierin sofort, doch nicht sehr aggressiv. »Denkt an eure syphiliskranken Frauen und Mütter, dann habt ihr wenigstens was zum Lachen...«

Die drei geben sich erneut ernst und ärgerlich. Die

Spanierin übertreibt, zertrampelt alles, rennt ins Unglück.

»Sein Auto stand unten...«

»Weißt du noch, was für ein Wagen das war?«

»Darauf hab' ich überhaupt nicht geachtet, denn sobald ich ihn gesehen habe wußte ich, daß er mich gesehen hatte. Er saß wie gelähmt. Er hatte eine der üblichen Dirnen erwartet... Wie ich einen der üblichen Dämlacke... Und da standen sich nun zwei ganz andere gegenüber in der feuchtnebligen Dunkelheit...«

Die Spanierin fällt aus der Rolle, spielt verrückt, hat ihre fünf Sinne nicht mehr beisammen.

»Was ist?« fragte die Spanierin, die nur noch schwer ihre Haltung bewahren konnte. »Warum hast du mich runterkommen lassen?« Er schweigt zunächst – mindestens dreizehn Sekunden lang. Ißt sie mit den Augen in ihren Augen auf, ohne sich bei Titten, Arsch und Schenkeln aufzuhalten.

»Würdest du ein paar Tage mit mir zusammenbleiben?« fragt er endlich mit einer Stimme, als beweine er, über den Sarg seiner Mutter gebeugt, Gegenwart, Vergangenheit und Zukunft.

»Das Beschissene an der Sache ist, daß ich mir keine Sekunde lang darüber Gedanken gemacht habe, was mit mir und meiner Wohnung passieren könnte...«, sagt die Spanierin ohne zu lachen. »Ich habe nur kurz einen Blick auf die Fenster geworfen, um mich zu vergewissern, daß die Lichter aus waren... Ich hatte nicht abgeschlossen... Die Diebe aus meinem Viertel, auch die von auswärts, hatten freien Zugang...«

Auf jener Straße stand, inmitten des romantischen Nebels und dem Geruch nach Zärtlichkeit, der von der Spanierin ausging, plötzlich die Zeit still.

»O. K.«, sagte die Spanierin. Sie stieg ein.

Fragte nicht einmal, wohin sie fahren würden. Sie fragte ihn weder, ob er Mörder oder Dieb noch, ob er Baron oder Minister sei. Es war ihr schnurzegal. Sie stieg ins Auto, schloß die Wagentür und sagte:

»Leg den ersten Gang ein, junger Mann... O. K.... Was soll ich sonst noch sagen?«

»Nichts...«, erwiderte er zärtlich, ohne dabei seine Begräbnismiene abzulegen.

Er legte den ersten Gang ein, und sie starteten.

Wo sie hinfuhren

Sie hielten vor einem Landhaus. Er hatte die Schlüssel dazu – drei oder vier an einem Ring mit einem Anhänger aus Hasenfell.

»Was ist das?« fragte ich.

»Das soll angeblich Glück bringen...«

»Wem?«

»Dem Hausbesitzer vielleicht...«

»Schwein muß man haben«, sagte ich, um ihm ein Lachen zu entlocken.

Er schloß die Tür auf und dachte nicht daran, zu lachen. Das Haus stand völlig einsam, inmitten von Feldern, nur in der Ferne blitzten ein paar vereinzelte Lichter auf, doch es fehlte die Lichterschar eines Dorfes.

»Hast du Angst?« fragte er mich.

»Du?«

»Ja«, sagte er.

»Ich nicht...«, sagte ich. Doch seinen drei Worten entnahm ich, daß er außer den Schlüsseln und der Angst auch noch Probleme hatte.

Sonst schrecken mich problembeladene Typen ab –

das habe ich ja schon gesagt. Ich finde sie entweder zum Lachen, oder ich ärgere mich über sie, wie über Hamlet. Die kommen mir alle wie diese Scheißtypen aus der Wochenschau vor. Doch die Probleme von diesem hier, die ich nicht kannte, erweckten in mir nichts als Zärtlichkeit.

»Du Ärmster!« sagte ich zu ihm. »Es scheint dir ja ganz schön den Arsch aufzureißen...!«

»Und wie«, sagte er, zum erstenmal lachend, während wir in das wunderschöne, wenn auch ein bißchen kleine Haus – mit Ping-Pong-Tisch im Flur, einer Küche mit Kamin und zwei Schlafzimmern – traten. Fernseher gab es keinen. Um so besser. Und auch kein Radio. Noch besser. Er machte alle Lampen an. In der Küche stand ein leerer, ausgeschalteter Kühlschrank, die Tür war angelehnt. In einem Küchenschrank eine halbleere Pulverkaffeebüchse.

»Und was, zum Teufel, machen wir jetzt?« fragte er.

»Wir bumsen«, erwiderte ich, »und dann schlafen wir...«

»Ich habe keine Lust zum Bumsen, und müde bin ich nicht... Ich habe Hunger...«

»Dann halt' dich ran«, sagte ich lachend. »Mehr als meine Muschi kann ich dir nicht bieten...«

»Ich gehe schnell weg, vielleicht kann ich was finden...«, sagte er und lief zur Tür.

»Wie? Verläßt du mich schon?«

»Ja«, sagte er.

»Ist mir doch scheißegal!« entgegnete ich lachend. »Doch kehr ja nicht den Pascha raus bei mir, das kommt dich teuer zu stehen...«

»Was meinst du damit?«

»Wenn du nicht zurückkommst, schlag' ich dir beim nächsten Mal die Fresse ein«, sagte ich, noch immer lachend.

Jetzt lachte auch er. »Ich weiß, daß du stärker bist als ich, deshalb kann ich dich auch alleine lassen...«

»Also O. K.... Beeil dich aber. Ich hab' ebenfalls Hunger... Kennst du jemanden in dieser Gegend?«

»Niemanden. Wieso?« fragte er argwöhnisch.

»Dann paß auf die Hunde auf... Im schlimmsten Fall kannst du mir einen mitbringen...«

»Wen soll ich mitbringen?«

»Einen Hund natürlich, du Dummkopf!« sagte ich zärtlich.

Die Hunde bellten tatsächlich. Das ist auf dem Land bei Nacht immer so. Das weiß jeder, nur er wußte es nicht. Das – und da war ich wohl die Dumme – hat mir gefallen.

Und dann habe ich auf ihn gewartet.

Er kam nach einer halben Stunde zurück – angeheitert, mit einer Mordsfahne.

»Na, du hast wohl einen zur Brust genommen«, sagte ich heiter. Jetzt lachten wir beide. Er hatte Wein, Brot, zwei Eier, ein wenig Lammbraten und Salat aufgetrieben. Er hatte die halbe Welt aus den Federn geholt, und die Hunde bellten noch lange danach. Ich hatte sogar gefürchtet, daß ihn die Hunde angegriffen hatten, doch er war heil und gesund zurückgekehrt.

Mit den beiden Eiern machten wir uns ein Omelett, das Lamm haben wir für den nächsten Tag aufgehoben. Verdammt, ich kann mich wirklich an jede Kleinigkeit erinnern! An jede Krume, jede Geste. Jede vage Bewegung. Wir lachten lauthals. Jedes Wort, jeder Unsinn machte uns lachen.

»Ich bin voll bis obenhin«, sagte ich schließlich.

Ich erwartete, daß er jetzt mit mir schlafen wolle.

»Macht's dir was aus, wenn ich mich gleich schlafen lege?« fragte er mich.

»Nicht die Bohne...! Es enttäuscht mich vielleicht ein bißchen..., aber wenn du keine Lust hast...«

»Es ist nicht so, daß ich keine Lust habe. Ich kann mich nur nicht mehr ausstehen...«

»Wen kannst du nicht ausstehen?« fragte ich. Ich hatte nichts begriffen.

»Mich... Ich kann mich nicht mehr riechen...«

»Warum denn das? Du bist nett und sauber...«

»Das macht's noch schlimmer...«

»Was ist dir passiert?«

»Nichts...«

»Trauerst du um jemanden?«

»Das ist nicht so einfach...« Und dann lächelte er.

»Ich bin dumm«, sagte ich. »Ich versteh' nichts... Wenn du um niemanden trauerst...«

Die drei sehen sie gespannt an. Die Dunkelheit war in das kleine Krankenhauszimmer eingebrochen und hatte es in das andere Zimmer in dem kleinen, einsamen Landhaus verwandelt.

»Ich schwebe im Nichts«, sagte er.

Genau das sagte er zu mir. Er schien verzweifelt. Nicht daß er sterben wollte, er wollte nur nicht mehr leben. Er hatte mich aufs Land mitgenommen, um weiterzuleben.

Und wie stand es um mich?

Ich fragte mich das schon seit einer Weile. Ich bekam langsam kalte Füße. Was, zum Teufel, machte ich hier, was hatte ich bei ihm verloren? Er gefiel mir. Und was weiter? Ich meine nach dem Omelett, dem Wein und Salat? Doch ich schaffte es nicht, mich aufzuregen. »Also gut... Gute Nacht... Wo...?«

»Ich schlafe in dem Zimmer dort... Du in dem anderen...«, sagte er.

Zwei Minuten später hatte ich mir die Decke über den Kopf gezogen. Ich versuchte mich aufzuwärmen, ich hatte kalte Füße, und ein undefinierbares Gefühl schnürte mir die Kehle zu – als hätte ich Angst.

Eine Stunde später

Ich schlief. Das mit dem Einschlafen hatte geklappt, weil ich bis fünftausend zählte und zurück und mich unbedingt daran zu erinnern versuchte, ob ich die Schatulle mit den Goldklunkern verschlossen hatte, da Cesira jeden Morgen hochkam, um das Zimmer und das Klo zu putzen.

Ich schlief und spürte plötzlich, wie meine Lider gestreichelt wurden. Ich schrecke jäh aus dem Schlaf und schreie laut.

Er steht da und beruhigt mich mit einem Kuß, seine Hand gleitet langsam über meinen Busen. Ich bin sehr empfindlich an der Stelle. Ich umarme ihn. Er schlägt die Decke zurück. Ich bin schon nackt, nach einem Augenblick ist er es auch. Und dann fängt es an. Ganz behutsam. Es ist schön, zärtlich. Ich weiß nicht, was mit uns los ist, uns stehen beiden die Tränen in den Augen.

»Ich würde am liebsten heulen«, sag' ich ihm, »dabei ist es gewiß nicht das erste Mal...«

Er lächelt. Und auch sein Lächeln sieht wie zwei Tränen aus.

Die Spanierin schweigt. Dann sagt sie in Richtung des Professors und der beiden Doktoren:

»Ja, da hab' ich euch alle drei durchs Schlüsseloch gukken lassen. Tut mir leid, aber das kann ich nicht ändern. Es ging die ganze Nacht so weiter...«

Die drei schluckten gleichzeitig. Das hätte auch nach hundert Proben nicht besser sitzen können. Für sie war's quasi ein Schock.

Bei Tagesanbruch

Bei Tagesanbruch steht er auf und sagt:

»Ich werde im anderen Zimmer weiterschlafen, macht es dir etwas aus?«

»Was soll mir jetzt noch etwas ausmachen?« frage ich. »Das, was geschehen ist, war schon so viel...«

Und so ging er ins andere Zimmer, um alleine zu schlafen, denn er war oft und gern allein, und wenn ich ihn störte, wurde er wütend, womöglich ohne etwas zu sagen – nur sein Blick verfinsterte sich.

»Ich pfeif' auf das Gestern und Heute«, murmelt die Spanierin mit ärgerlichem Gelächter. »Hier, dort, damals, jetzt... Was ich hab', hab' ich!« Jetzt ist ihr Lachen so schrill wie der Schrei einer Katze. »Ich weiß nicht mehr, wie lange ich geschlafen habe... Die Sonne stand schon hoch am Himmel, als ich plötzlich den Blick von jemandem auf mir spürte...«

»Von ihm?« murmelt D'Allevi ergriffen.

»Na, von wem sonst?« lacht die Spanierin spöttisch. »Wollt ihr endlich einmal fünf Minuten die Klappe halten...?! Wenn ihr keine Worte ausspucken könnt, platzt ihr...«

Professor Badini fordert die anderen beiden mit einem Blick zum Schweigen auf.

»Entschuldige«, sagt die Spanierin nach einem Augenblick zu D'Allevi. »Entschuldige, ich bin hysterisch... Hör nicht auf mich... Geht in ein anderes Zimmer, wenn ich euch den Nerv töte...«

Niemand steht auf.

»Es war tatsächlich er, der mich schon seit einer halben Stunde betrachtete – wie er mir später sagte. Er sah mir gern beim Schlafen zu, und er entnahm meiner Stellung im Schlaf, daß ich mich selbst mochte. Während er Angst hatte. ›Vor was denn?‹ fragte ich ihn. Er wußte es nicht. Es war eine seltsame, beinahe lächerliche Angst, sagte er mir. Angst vorm Aufwachen zum Beispiel. ›Aber du bist doch wach‹, sagte ich, ›und sogar nackt und verstrubbelt bist du schön...‹ Er lachte, legte seine Hände zärtlich auf meine Brust. ›Ich beneide dich, weil für dich alles so einfach ist...‹ Er wollte mich nicht etwa mit der Hand erregen. Er suchte nur meine Nähe... Ich hatte auch keine so große Lust nach mehr, doch das schrieb ich der Tatsache zu, daß ich eine Hure bin und daß das zum Beruf gehört...«

Es klopft an der Tür. Ein Krankenpfleger, eine Bohnenstange mit Brille, bringt eine Schachtel Zigarillos und noch einen Kaffee.

»Bist du müde?« fragt Professor Badini freundlich.

»Nein, nein... Jetzt bin ich in Fahrt...«, sagt die Spanierin. Sie trinkt den Kaffee und zündet sich einen Zigarillo an. »Ich machte ihm Vorwürfe, weil er mich nicht geweckt hatte, so daß wir uns wenigstens gegenseitig betrachten konnten, denn ich sah ihn mindestens ebenso gern an, wie er mich. Er schüttelte den Kopf, ging von der Brust zum Gesicht über und sagte mir, daß er sich nie wieder anziehen wolle, nie wieder...«

Sie zieht am Zigarillo.

»›Also gut, laß uns Freiluftakrobaten spielen‹, sage ich lachend. ›Doch da man selbst als Nackedei essen muß, werde ich mich jetzt in Schale werfen, mein Gesicht abwaschen und auf Lebensmittelsuche gehen, dann können wir uns ruhig nackt zum Essen setzen...‹

Er war sofort damit einverstanden. Ich springe aus dem Bett, ziehe mir das Kleid über, er tätschelt zärtlich meinen Hintern. Bevor ich das Haus verlasse, sehe ich, daß er auf dem Küchentisch Schlüssel und Portemonnaie liegengelassen hat. Ich schaue in dasselbe. Es ist voller Scheine, doch das läßt mich kalt... Ich ziehe zehntausend Lire heraus, nicht als Bezahlung, sondern um einzukaufen, damit wir uns nochmals lieben und so lange nackt bleiben können, wie es uns Spaß macht...«

Sie raucht wütend.

»Während ich einkaufe, überdenke ich natürlich alles. Mir wird angst und bange. ›Bin ich total verrückt, verblöde ich völlig?‹ sage ich zu mir. ›Was stell' ich mir denn vor, was erhoffe ich mir? Vielleicht hatte ich mich nur deshalb in ihn vernarrt, weil wir getrennt geschlafen hatten, wie ehrbare Leute?‹ schießt es mir durch den Kopf...«

Sie wendet sich dem Professor zu: »Es war eine Art Verblödung«, sie lächelt traurig, »doch es war so zärtlich, daß ich Honig im Mund zu haben schien und mir die Knie zitterten wie einem Backfisch... Und ich dachte. ›Verdammt, haben's die Backfische gut, die sich verknallen...!‹ Ich beneidete sie nicht, habe nur bedauert, daß es mir nicht früher passiert war...«

Die Rückkehr

»Wie ein Esel beladen kam ich zurück. Er stand nackt vor dem Kamin. Er hatte Feuer gemacht und half mir, die Sachen in die Kühltruhe zu verstauen... ›Nur damit du's weißt‹, sagte ich ihm sofort, ›ich habe zehntausend Lire aus deinem Portemonnaie genommen, da du mich entführt hast, ohne mir Zeit zu geben, meine Handtasche zu holen.‹ Er aß gerade einen Pfirsich und sagte: ›Mach, was du für richtig hältst…‹ Und dann fügte er plötzlich wütend hinzu: ›Willst du mir etwa vorrechnen, was du ausgegeben hast?‹ Ich lachte lauthals. ›Daß ich nicht schreie, wo ich noch nicht einmal rechnen kann. Ich hab's dir bloß für den Fall gesagt, daß dir die Rechnung nicht aufgeht.‹ Er ist noch immer sauer. ›Du bist mir keine Rechenschaft schuldig, verstehst du – nie. Nimm, was du willst, aber laß mich in Ruhe damit…‹ Ich lache noch immer. Nähere mich ihm nicht, obwohl ich ihm am liebsten einen Kuß geben würde, weil ich merke, daß es nicht der richtige Moment dafür ist. Ich sage ›O. K.‹, und sonst nichts, und merke, daß selbst das zuviel ist, weil er schweigen will. Also ziehe ich mich aus und stelle mich an den Herd, obwohl ich das Kochen so hasse, daß ich immer im Restaurant esse oder mir etwas hole. Doch hier war es anders, weil er dabei war, mich fragte, ob ich lieber lange oder kurze Spaghetti wolle, er selbst den Wassertopf aufsetzte und den Tisch deckte…«

Die Spanierin macht plötzlich eine wegwerfende, ärgerliche Handbewegung.

»Jetzt reicht's aber, verdammt noch mal! Ich lös' mich hier noch in meine Bestandteile auf…« Sie rümpft die Nase. »Es gefiel mir viel zu sehr, total verschossen zu sein… Und ich erinnere mich sogar jetzt noch gerne daran…« Sie hält inne, ein Lächeln gelingt ihr. »Gut, gewiß, es war alles ein Riesenblödsinn…! Nackt, außer wenn ich etwas einkaufen ging… Die ganze Zeit loderte ein großes Feuer im Kamin, das uns fast zum Schwitzen brachte… und dann: miteinander schlafen, küssen… Das Übliche eben«, fährt sie mit einem harten Lachen fort, »abgesehen von den getrennten Schlafzimmern…«

Die Spanierin hat sich Mühe gegeben – nicht umsonst,

denn es ist ihr gelungen, wieder hart, abweisend, grimmig zu sein.

»Einmal, nachdem wir uns geliebt haben, sagt er zu mir, er fühle sich, als habe er sich eine Kugel in die Schläfe gejagt. Ich erschrecke: ›Dir ist doch sicherlich was über die Leber gelaufen‹, sag' ich zu ihm. Er wird wieder wütend. Haut mit der Hand gegen die Wand und sagt mir, ich solle ihm nicht auf die Nerven fallen. ›Wie du willst‹, erwidere ich leicht erregt, ›mir fehlt nichts zu meinem Glück.‹ Ich war zufrieden, mir war warm, ich lebte gern nackt wie ein Tier. Und dann nachts dieses Bett, das so groß war wie der Sankt-Peters-Platz, ganz für mich allein, das war ein Traum...«

»Warst du glücklich, während ihr euch liebtet?« fragt Professor Badini.

»Wie mit den anderen... Alles das gleiche... Ich wußte nicht mehr, wer ich war. Ich dachte nicht mehr an die Besorgnisse wegen Cesira, hatte meine finanziellen Verluste, die potentiellen Anrufer völlig vergessen...«, lacht sie. ›Und wenn auch‹, dachte sie, ›die rufen sowieso erst die Polizei, wenn der Leichengeruch unerträglich wird...‹«

»Und warum bist du in die Stadt zurückgekehrt?«

»Ich wußte, daß du mich das fragen würdest...« Die Spanierin versucht, sich ein Lachen abzuringen. »Und wenn ich's dir nicht erzählen möchte...? Wenn das nur mich was angeht?«

Sie schweigt ziemlich lange, dann ist ihr Lachen klarer. Sie zuckt mit den Achseln. »Warum eigentlich nicht...? Warum soll ich schweigen? Das habe ich bis jetzt noch nie getan... Was ich drinnen hab', sieht man nach draußen. Ich kann meine Unterhosen sogar vor den Fernsehkameras zeigen...« Sie lacht weiter. Dann schlägt ihr Ton plötzlich um.

Eines Morgens

»Eines Morgens wacht er verändert auf. Er kommt in mein Zimmer und beschimpft mich. Er sagt, ich sei dumm, blöde, dreckig, mir seien Diebstahl und Mord zuzumuten, ich hätte einen Hängearsch und einen ebensolchen Busen. Ich röche wie ein Klo, scheine aus Kotze gemacht, sagt er... Das hat mich natürlich vor den Kopf gestoßen. Weil ich das nicht erwartet hatte. Es hatte überhaupt keine Vorzeichen für das Unwetter gegeben, wie etwa jene, daß den Katzen vor einem Erdbeben die Haare zu Berge stehen... Ich bring' keinen Ton raus. Ich hör' ihm zu, während er im Zimmer auf und ab geht, jegliche Berührung mit dem Bett meidend, so als würde es brennen, und dann fängt er wieder von vorne an: ›Dumme Kuh, Drecksweib, Diebin, Mörderin...‹ – ›wieso?‹ unterbreche ich ihn. ›Hab' ich dir je etwas gestohlen?‹ – ›Du hast immer gestohlen‹, sagt er. ›Du bist die dreckigste Diebin der Welt.‹ ›Also gut‹, sage ich und nehme es nunmehr mit Humor, ›ich bin eine dreckige Gaunerin. Doch einen Hängearsch habe ich wohl kaum... Und auch der Busen ist, Gottlob, hoch gen Himmel gerichtet...‹ – ›Wie denn, was denn?‹ schreit er, ›nur meine Großmutter hatte in ihrer Todesnacht im Alter von fünfundachtzig Jahren einen häßlicheren Busen als es der deine ist...! Meine Großmutter! Mit fünfundachtzig...!‹ Ich schaue völlig verwirrt erst ihn und dann meine Brüste an. ›He‹, sage ich sodann, ›hast du überhaupt Augen im Kopf? Oder sitzt dir vor lauter Langeweile plötzlich der Schelm im Nacken?‹ – ›Willst du etwa behaupten, daß du nicht stinkst?‹ greift er mich weiter an...‹ ›Wie du, wenn du gerade gepinkelt hast‹, erwidere ich sofort...‹«

Die Spanierin zündet sich noch einen Zigarillo an. Dieses enge, dunkle Zimmer ist jetzt ein Sarg, ein Nest wildgewordener Papierungeheuer.

»In dem Moment verwandelt er sich völlig«, fährt die Spanierin seufzend fort. »Er schmeißt sich aufs Bett und bedeckt meinen ganzen Körper mit Küssen... Seine Augen sind wieder hell und klar, und er sieht wieder schön aus... Er küßt und streichelt mich, wie beim ersten Mal... auch die Zehen und Haare. Ich konnte ihn nicht aufhalten. Ich schämte mich ein bißchen, obwohl es mir gefiel... ›Komm, laß..., das ist nicht nötig... Wirklich nicht‹, sagte ich. Doch er hörte mich nicht. Bat mich unaufhörlich zum Verzeihung, um mich dann wieder zu küssen, nochmals um Verzeihung anzuflehen, dann folgten wieder Küsse und Zärtlichkeiten und Abbitten, und dann küßt er mir erneut die Füße, beschnuppert mich von Kopf bis Fuß, ja, richtig mit der Nase, und streichelt mich wieder wie beim ersten Mal und sagt: ›Lieb mich doch, lieb mich doch... Du mußt es tun!‹ Er sagte noch: ›Ich möchte, daß du mit mir vor Liebe zergehst, das wir uns beide befreien, so wie ich mich durch dich jetzt befreien kann...‹«

»Und du?«

»Na, um ehrlich zu sein, ich war gerührt... Was zum Teufel versteh' ich schon von schönen Reden...? Doch da waren die Küsse, das Kitzeln, das mich beinahe wahnsinnig machte... Und außerdem war er schön mit diesen traurigen Augen... Wer weiß, was man ihm angetan hatte?«

»Ist es dir wirklich nicht gelungen, ihn zu begreifen?« beharrt Professor Badini.

»Nein...«, gibt die Spanierin nach einem Moment ehrlichen Zögerns zu. »Auch nicht, als er es mir erklären wollte...«

»Wann? Am selben Tag?«

Die Spanierin schweigt.

»Später... Es war fast Nacht... Nach dem Essen.« Und mit zorniger Traurigkeit: »Als er anfing, mich zu schlagen...«

Wie du mir, so ich dir

»Wir lagen auf dem Teppich vor dem Kamin, und plötzlich wird er handgreiflich. Ich weiß sofort, daß er keinen Spaß macht, denn seine Augen haben sich wieder verändert. Violett, durchsichtig sind sie, als ob nichts dahinter wäre. Zwei gefärbte Glasscherben... Als er die erste Ohrfeige landete, war ich also schon darauf vorbereitet und konnte sie mit dem Arm abwehren. Da hat er nach mir gekickt. Er hat mich hier, am Fußknöchel, getroffen – ich habe vor Schmerz geflucht... Nur ein einziger Fluch, denn ich wußte, daß ich die Ausgeschmierte sein würde, wenn ich mich nicht zur Wehr setzte... Ich weiß, daß die Ehefrauen und Huren immer jemanden haben, der sie verdrischt. Doch bei mir zieht das nicht... ›Warum schlägst du mich?‹ habe ich ihn gefragt. Nichts. Er hat wieder mit dem Fuß ausgeholt. Doch bevor er mich diesmal traf, hatte ich ihm schon die Weinflasche über den Schädel gezogen und einen Teller ins Gesicht geworfen. Dann noch zwei oder drei Tritte vors Schienbein und einen Tiefschlag unter die Gürtellinie... Es ging ohne Blutvergießen ab, Gott sei Dank, doch er fiel wie ein Stein zu Boden – ohne Schmerzensschrei.

Mit einem Schlag lag er vor dem Kamin und redete wie ein Wasserfall, ohne Punkt und Komma, sprudelte wie eine überlaufende Kloake, wie ein leckes Faß... Er sprach und war weit weg, auch wenn er mich anstarrte... Ich stand in Verteidigungsstellung, eine Flasche und einen Stuhl in Griffweite, doch die Farbe seiner Augen hatte sich wieder verändert. Jetzt flossen sie vor Gold über, während sie zuvor bronzefarben gewesen waren. Und er lächelte, während er unaufhörlich brabbelte – schlimmer als ein Mesner über seinem Rosenkranz ... Man mußte Mitleid mit ihm haben, denn man sah, daß er litt. Doch nach jedem Wort schien es ihm etwas besser zu gehen, wie wenn man zuviel gefressen hat und es wieder rauskotzt... Seine Gesichtsfarbe veränderte sich ebenfalls ständig. Erst war er bleich wie ein Laken, dann röteten sich seine Wangen wieder ein bißchen, und er lag auch nicht mehr so regungslos da wie gleich nach dem Fall, sondern bewegte seine Hände ein wenig, als rege sich ein Scheintoter...«

»Und was sagte er?« fragt Professor Badini im Flüsterton.

»Gilt dein Interesse ihm oder mir?« lacht die Spanierin plötzlich auf. »Du steckst deine Nase wirklich in jeden Hintern...«

Der Professor lächelt.

»Das stimmt... Du erzählst so gut...«

»Was soll das? Schmeichelst du mir etwa?« Sie lacht aufs neue. »Sieh lieber zu, daß du dich zum Teufel scherst!«

Diese absurde Beleidigung hätte sie sich sparen können, das merkt sie. Sie lacht weicher, ist sich jedoch der Tatsache bewußt, daß dies die erste ungezielte Kränkung des Tages gewesen ist.

»Nimm's nicht persönlich, Professor«, sagt sie belustigt und auch ein bißchen verwirrt. »Wir sind beim Finale angekommen. Nachher sprichst du, soviel und solange du willst, und ich werde versuchen, dich nicht zu beleidigen... Einverstanden?«

»Einverstanden«, sagt Professor Badini, dessen Laune sich so schnell verändert wie das Märzenwetter.

Die beiden Doktoren schauen ihn verwundert an. Sie haben die Notizblöcke vollgemalt mit Anmerkungen, Pfeilen, Bezugnahmen, Abkürzungen und tausend Ausrufezeichen. Was sollen sie tun? Weitermachen?

Gewiß doch. Weitermachen.

»Also«, fährt die Spanierin unterdessen fort. »Da stand an erster Stelle, daß er auf seinen Vater und seine Mutter eine Stinkwut hatte. Er sagte, daß er sie beide hasse, weil sie sein Vater und seine Mutter seien und er deren Sohn... Es war, als wolle er sagen: ›Verdammt, warum seid ihr mein Vater und meine Mutter, warum bin ich euer Sohn, ohne mich dafür entschieden zu haben...?‹ Er sagte, daß sie sich das hätten nicht erlauben dürfen und sie glücklicherweise schon krepiert seien, sonst hätte er dafür gesorgt... ›Ich bin das, zu dem sie mich gemacht haben‹, sagte er, das sei so bei einem Kind, und es könne sich davon nie lösen. Seine Wut war angsterregend. Ich versuchte einzuwerfen: ›Was willst du denn? Dir etwa Vater und Mutter selbst aussuchen?... Armer Irrer! Damit du dir die besten aussuchen kannst...! Was sind das für Scheißgedanken...? Wenn alle sich ihre Eltern aussuchen und nur die besten rauspicken würden, ging's doch zu wie in einem Puff!‹ Er sah mich an, als sehe er die Sonne – sein Gesicht erhellte sich. ›Du bist zu unkultiviert, um meine Worte, meine Schmerzen zu verstehen... doch du hast Recht... Ich wünsch' mir diesen Puff herbei. Aber den gibt es nicht, und man wird doch nur verarscht...‹ Er hat natürlich weder ›Puff‹ noch ›verarscht‹ gesagt, sondern zwei elegantere Ausdrücke benutzt, die soviel wie ›Puff‹ und ›verarscht‹ bedeuten... Ich kann seine Worte nicht genau wiedergeben, mich nur in meiner Sprache ausdrükken... Die Übersetzung kannst du dann vornehmen, Professor.«

»Mach dir darüber keine Sorgen«, sagt der Professor lächelnd. »Rede, wie dir der Schnabel gewachsen ist...«

Erleichtert fährt die Spanierin fort:

»›Die beiden haben meinen Lebenslauf vorbestimmt, doch ich will nicht mitmachen‹, sagte er...‹ Warum genießt du nicht die paar Jahre, die dir das Leben schenkt‹, antwortete ich ihm. ›Du fickst prima, hast Kohle, sogar ein Auto... Was wäre, wenn du ein armes Schwein wärst wie ich...?‹ Er begriff mich und lachte. Er streichelte mich sogar, nicht leidenschaftlich, nur ganz zärtlich. Und dann sagte er, daß ihm all die Sachen stinken, an die er bis dahin geglaubt und die sich dann in Nichts aufgelöst hätten... ›Mein Sohn‹, sagte ich zu ihm, ›du wirst doch nicht im Ernst noch an etwas glauben? Du darfst nur glauben, was du siehst, und nur so, wie du es siehst. Es gibt nichts, das für alle gelten würde...‹« Sie unterbricht sich und blickt den Professor besorgt an. »Mach' ich mich verständlich, oder war das alles Unsinn, was ich gesagt habe?«

»Prima, primissimo... Mach nur so weiter...«, sagt Professor Badini, der von Minute zu Minute begeisterter ist.

»Na, laß mich wenigstens Atem schöpfen...«, lächelt die Spanierin. »Doch verstehst du, daß ich, immer noch nackt vor dem Kamin, auf der Hut war aus Angst davor, daß es wieder ein paar setzen würde? Wobei ich mich anstrengen mußte, das zu verstehen, was er wie eine Maschine daherratterte, und wobei mir der Kopf rauchte... Nachdem ich ihm zum Beispiel erklärt hatte, daß er die Dinge nicht nur aus eigener Sicht sehen solle – weißt du, was er da getan hat...? Er lachte schallend, stand auf, warf sich wieder auf den Boden, und sagte – immer in meiner Sprache wiedergegeben: ›Wie siehst du dann die Atombombe? Als großen Scheiß...?!‹ Sein Lachen war so ansteckend, daß ich auch lachen mußte. ›Die Atombombe kann mir doch gestohlen bleiben. Wer weiß überhaupt, was das ist?‹ erwiderte ich sofort. ›Ja, für mich ist das nichts als ein großer Scheiß. Schön, wenn sie eines Tages explodiert, machen viele Winke-Winke mit den Schwänzchen... Und alle werden dem Verwesungsgeruch anheimfallen! Doch bis dahin ess' ich, trink' ich, lach' ich, und bums' ich...‹« Sie holt abermals tief Luft. »Ich hab' ihm diesen ganzen Mist erzählt, um ihn aufzumuntern, denn einer, der sich wegen der Atombombe den Kopf zerbricht, wenn er eine Pflaume unter der Nase hat, ist für mich wirklich schlimm dran... Doch er bestand darauf, daß ich keine Ahnung hätte von der Bedeutung des Todes aller Menschen auf einen Schlag. Dieser Tod aller auf einmal, wenn die Atombombe losgeht, sei es, was die Welt völlig verändert hätte... ›Ach so‹, sage ich, ›das soll also heißen, daß man, da die Atombombe existiert, nicht mehr scheißen, nicht mehr betrügen, nicht mehr essen kann, es keine Armen und Reichen, keine Hurensöhne und keine rechtschaffenen Leute, keine Idioten und keine Intelligenzbestien mehr geben darf...‹ In dem Moment krümmt er sich vor Lachen, vor allem, als ich noch hinzufüge: ›Du solltest dich mit der Atombombe unter dem Arm in den Arsch ficken lassen. Wenn dann die Welt für alle zusammen endet, hättest du wenigstens die Genugtuung, das nicht verpaßt zu haben...‹«

Auch hier, im Zimmer der Nervenheilanstalt, lachen jetzt alle – der Professor, die Doktoren und die Spanierin.

»Zum Glück hat er es mit Humor genommen. Er sagte: ›Dann fangen wir beide am besten gleich damit an!‹ Er half mir mit einer Hand auf die Füße und zerrte mich zum Bett... Am Anfang hatte ich Angst... Man weiß ja nie! Bäuchlings kann man sich nicht so gut verteidigen, wenn einer zuschlägt... Doch Gott sei Dank war er süß wie eine Honigwabe. Und während sich das Rein-und-raus abspielte, sagte er mir eine Menge zärtlicher, lustiger, liebevoller Worte... Nicht den Blödsinn, den sich Verliebte sonst zuflüstern, sondern wahre, aber eben süße Dinge. Dinge, die mich vor Liebe vergehen ließen, und da hatte ich große Lust, ihn zu beißen, denn wenn ich liebe, beiße ich, natürlich ohne weh zu tun. Nur um den Abdruck meiner Zähne zu hinterlassen.« Die Spanierin schweigt.

Der Professor wartet einen Moment, fragt dann: »Und wie ging es weiter?«

»Nachdem wir uns geliebt hatten, haben wir uns beide besoffen... Wir haben uns die Nase mit Weißwein begossen, so daß mir die Knie zitterten und sich mir der Kopf drehte wie ein Karussell. Wir hatten inzwischen auch Hunger bekommen und putzten alle Reste weg: Brot, Salami, Gemüse, Hühnchen, Obst...« Sie legte eine Pause ein. »Und dann verkrochen wir uns jeder in sein Bett und schliefen ein, als hätten wir eins auf den Deckel gekriegt...«

Am nächsten Morgen

»Am nächsten Morgen – Ende der Vorstellung...! Aus...! Als ich aufwachte, hatte er sich bereits aus dem Staub gemacht...« Die Spanierin lacht betrübt. »Ich sah in dem Zimmer nach, wo er schlief, doch da war er nicht... Ich sah zur Tür hinaus, doch das Auto war verschwunden... Ein paar Stunden lang glaubte ich noch, er sei einkaufen gefahren. Dann erhob sich eine Mordsstaubwolke über der Straße, aus der ein Wagen – einer wie man sie auf dem Lande benutzt – auftauchte. Er saß nicht im Wagen. Ich konnte mir gerade noch etwas überwerfen und zur Tür rennen... Der Wagen blieb vor dem Haus, auf dem Hof stehen. So was wie ein Kuhhirt, mit Ledergamaschen und den Hut ins Gesicht gezogen, stieg aus. Er war um die sechzig Jahre alt und sah kaum, daß ich eine Frau war. Er sagte nur: ›Ich will das Haus abschließen...‹, und zeigte mir einen Schlüsselbund, jenen mit dem Hasenfellchen, den er benutzt hatte... ›Und er?‹ fragte ich. Er zuckte die Achseln. ›Ich bin hier, um das Haus abzuschließen‹, wiederholte er. Ich verstand gleich, daß er sich nicht würde erweichen lassen, auch wenn ich ihm die Brüste unter die Nasenspitze hielt. In seinen Augen war ich ein Gaul, ein Laternenpfahl, irgendein Unkraut. Vielleicht war er sogar schwul. Er fing an zu pfeifen. ›Hör auf mit dem blöden Gepfeife, du gehst mir auf die Nerven‹, sagte ich. Er schwieg sofort. Er war gekommen, um das Haus abzuschließen, und basta. Wie zum Teufel sollte er ahnen, was er da zusammen mit dem Haus abschloß? Er hatte den Auftrag, das Haus abzuschließen, Punktum... Und mir blieb nichts anderes übrig, als zu gehen – Punktum... Ich sammelte meine Siebensachen zusammen, und da bemerkte ich, daß er sein Portemonnaie auf der Anrichte liegengelassen hatte. Er hatte seinen Führerschein und andere Papiere herausgenommen, das Geld aber drinnen gelassen. Für mich...«

Sie wendet sich an den Professor: »Was hättest du getan?«

»Ich hätt's genommen...«, sagt Professor Badini mit ernster Anteilnahme.

»Das hab' ich auch getan... Drei Minuten lang hab'

ich mir vorgehalten, daß er mich als Dirne einstufen würde... Doch wer bin ich denn schon anderes? Eine Hure, oder etwa nicht...? Also konnte ich ebensogut die Pinke einstecken. Sollte ich sie etwa für die Mäuse liegenlassen...? Sollten die Mäuse etwa verhurter sein als ich...? Und durch das Geld waren wir quitt – er wurde wieder zu dem, was er gewesen war, bevor er mich an dem Abend in sein Auto einsteigen ließ, und ich ebenso. Klammer zu, Ende des Blödsinns... Zieh die Wasserspülung, Spanierin!« Sie lacht böse. »Reiß das Fenster auf und renn aus dem Klo...«

Sie steht auf.

»Es war eine Menge Geld... Gottchen, keine Millionen... Drei- oder Vierhunderttausend... Besser als nichts...!« Sie lacht zornig. »Ich bin wieder in die Sonne getreten. Es war sehr heiß und – staubig. ›Und jetzt?‹ sagte ich zu dem Kuhhirten. ›Wer bringt mich nach Hause...?‹ Der überlegte eine Weile und sagte dann: ›Ich kann dich zum Zug bringen‹ – ›Wie denn, hat dir der Hurensohn keinen anderen Auftrag gegeben?‹ entgegnete ich halb nonchalant, halb ärgerlich. Der antwortete überhaupt nicht. Vielleicht stimmte es, vielleicht auch nicht. ›Hör zu, du gestiefelter Kater‹, sagte ich, ›du bist jetzt schön brav und fährst mich nach Rom...‹ – ›Ich hab' keine Zeit‹, erwiderte er... ›Ich scher' mich einen Dreck darum, ob du Zeit hast oder nicht. Wenn du mich nicht nach Rom fährst, ist der Teufel los, dafür werd' ich schon sorgen... Ich hab' mir das Kennzeichen deiner Karre und das dieses Dreckskerls gemerkt... Ich halt' ein Auto an und zeig' euch auf der nächsten Polizeiwache an...‹ Das hatte ich zwar nicht vor, aber die beiden mußten unter einer Decke stecken, denn es verfehlte seine Wirkung nicht. Er warf mir einen haßerfüllten Blick zu. ›Was ist? Ärgerst du dich? Haßt du mich...? Du mußt es trotzdem tun... Entweder du bringst mich um oder nach Rom.‹ Er überlegte einen Moment, aber wirklich nur einen Moment. Er erwog bestimmt die Möglichkeit, mich umzubringen, nur weil er keine Lust hatte, dreißig oder vierzig Kilometer zu fahren. ›Verdammtes Weibsbild‹, sagte er schließlich. ›Also gut, steig ein, ich bring' dich nach Rom.‹«

Die Spanierin gestikuliert.

»Es erhob sich abermals eine Staubwolke, worin wir mit zwanzig Kilometern die Stunde in Richtung Stadt verschwanden – ich und der gestiefelte Hurensohn...«

War es Liebe?

»Denkst du, daß es Liebe war?« fragt Professor Badini.

»Für wen?«

»Für diesen Mann in jenen Tagen, damals in dem Haus...«

»Ich denke überhaupt nichts, verdammt«, lacht die Spanierin grimmig. »Ich weiß noch nicht einmal, was du damit meinst, wenn du Liebe sagst.«

»Das ist ein Gefühl«, entgegnet der Professor geduldig, denn er hat heute gelernt, Geduld zu üben. »Hast du nichts für ihn empfunden? Überhaupt kein Gefühl für ihn gehabt?«

Die Spanierin überlegt eine Weile. Sie starrt zur Decke, wie, um sich auf ihre Gedanken zu konzentrieren. Es müssen seltsame Gedanken sein, denn plötzlich schreit sie, als habe man ihr eine Spritze in den Hintern gejagt.

»Ich weiß nur, daß ich nach meiner Rückkehr, nach diesen verdammten Tagen überhaupt keine Lust mehr zum Bumsen hatte – auch nicht, wenn sie mich, wie die

Schutzheilige eines Dorfes, mit Gold überhäuft hätten...«

»Dann war es also Liebe?«

»Ich weiß nur noch, daß ich keine Lust mehr zum Bumsen hatte... So war das, wenn es dich tatsächlich interessiert, wie die Sache lief...«, erwidert die Spanierin.

»Du warst also so gut wie verliebt...«

»So gut wie«, entgegnet die Spanierin spöttisch dem Professor, der Notizblock und Kugelschreiber beiseite gelegt hat, um ihr zuzuhören. »Ich ging nicht mehr ans Telefon, machte nicht auf, wenn es klopfte, oder schickte die Leute einfach zum Teufel...« Sie bricht in sarkastisches Gelächter aus. »Wenn du das Liebe nennst, dann nenn es so, meiner Meinung nach war ich nur töricht und launisch geworden...«

»Das heißt verliebt«, lächelt Professor Badini.

»Warum denn? Woher hast du den verrückten Einfall, lieber Bruder im Schiß?« versucht die Spanierin anzüglich zu lachen. Es klingt aber eher zärtlich und – im gewissen Sinne – verloren.

»Weil du bis dahin«, sagt Professor Badini, »jeden hereingelassen hast, solange er Geld hatte...«

»Und ob!« erwidert die Spanierin angriffslustig. »Sollte ich sie etwa draußen stehen lassen...? Ich lebte von meinem eigenen Verdienst und hatte wirklich keine ehrliche Zuneigung nötig – wie es in den Zeitungen heißt –, damit es einer mit mir machen durfte oder nicht...«

»Das beweist doch nur das, was ich zuvor sagte«, besänftigt sie Professor Badini, der sich im Verlaufe des Gesprächs als netter erweist, als er aussieht. »Du hattest dich verändert. Das gibst du selbst zu...«

Die Spanierin schweigt düster.

»Hast du dir nie selbst gesagt, daß du dich verändert

hattest, weil du verliebt warst?« beharrt die Nervensäge von einem Professor.

Die Spanierin wechselt jäh den Tonfall, schreit wütend – mit einer Wut, die ausschließlich gegen sie selbst gerichtet ist und die sie den Zigarillo ausspucken läßt, als sei er giftig: »Was, zum Teufel, willst du von mir? Wie oft muß ich es noch wiederholen...? Mich mit einem Mann unter die Decke zu kuscheln, ihn zu erregen, ihn auf die Brust, die Schenkel zu küssen... Beim bloßen Gedanken daran bin ich in einen tiefen Schlaf gefallen, daß man mich nur mit Kanonen hätte wecken können... Und ich will dir die Beschreibung ersparen, wie mir war, wenn ich jemandem einen ›Pariser‹ überziehen mußte...« Sie lacht herausfordernd – heiser. »Manchmal macht einer mit einem Präservativ schlapp... Passiert das euch auch?«

Und sie lacht weiter, als lache eine andere an ihrer Stelle. Sie ist – endlich – angekommen. Versucht noch ein letztes Mal zu fliehen. Es wird nicht mehr lange dauern, dann wird sie den Abfallsack an der Straßenecke, wo ihre Drei-Zimmer-Wohnung mit zwei Bädern und eigenem Eingang liegt, abstellen.

Die drei schauen sich einen Augenblick verwundert an, dann gibt der Professor das Startzeichen zur Müllablagerung – endlich lächeln sie alle wieder.

»Mir ist es schon passiert...«, gesteht der Professor, eine Hand beschwörend auf die Brust gelegt.

»Und euch?« fragt die Spanierin die anderen.

»Also«, sagt D'Allevi, »für mich ist es sowieso sehr problematisch...«

»Ich hab' so etwas noch nie benutzt«, gesteht Sansavino.

»Wie, warst du noch nie bei einer Dirne?« erwidert die Spanierin und holt tief Luft.

»Ja, kann schon sein... Ich weiß nicht mehr so recht...«

Alle anderen lachen. Sansavino wird rot.

»Ich bin jung... Und die Bordelle wurden schon vor geraumer Zeit geschlossen...«

»Die Bordelle waren eine Schweinerei, ich bin froh, daß sie geschlossen wurden«, sagt die Spanierin unbeirrt.

»Du hast kein Herz für die armen Soldaten...«, sagt D'Allevi.

»Ach so, sollte das Wohlergehen des Heers plötzlich meine Aufgabe sein?« lacht die Spanierin, die wieder ein Schlupfloch gefunden hat. »Die sollen ruhig zu den Huren kommen, die auf den Strich gehen. Sollen die sich ruhig an den Überzieher gewöhnen oder sich den Lauf verstopfen...« Sie hält inne. Der Professor lacht. Er hat beschlossen, der Spanierin vor der letzten Runde noch eine Verschnaufpause zuzugestehen. »Weißt du, was ich dir sage...? Daß sie das Heer völlig raushalten sollten! Wer Soldat sein will, soll es wie die Priester halten – sich melden, studieren, eine Uniform anziehen, wichsen und niemandem den Nerv töten... Wozu brauchen wir eigentlich die Armee? ›Kriege‹, sagte dieser arme Kerl in dem Landhaus, ›kann man wegen der Atombombe keine mehr führen‹... Also...? Für die Diebe ist die Polizei gut genug. Stimmt's, Professor?«

»Die Freudenhäuser waren ein barbarischer Brauch«, tönt der Professor in die Verschnaufpause. »Da sind wir derselben Meinung...«

»Sie waren eine Todesstrafe, eine Galeere!« schreit die Spanierin, noch bemühter darum, sich aus dem Staub zu machen. »Da gibt's nichts zu lachen...! Fünfzehn Tage Klausur und dann einen freien Tag, den man damit verschwendet, die Kleider zu kaufen, die man nie anziehen konnte. Ich hab' gehört, daß es besser war, ins Kloster zu gehen als ins Bordell...«

»Doch sie entbehrten nicht einer ganz eigenen Faszination«, sagt D'Allevi dümmlich.

»Für euch Männer!« erwidert die Spanierin mit spöttischem Gelächter. »Für uns – nichts als Eingesperrtsein und mit vierzig einen Tritt in den Hintern...« Ihr Lachen nimmt plötzlich einen anderen Ton an. »Wie denn, wollen wir hier etwa die Huren verteidigen? Wenn eine das Huren wählt, dann soll sie Hure sein und damit niemandem auf die Nerven fallen...« Und säuerlich: »Doch ihr solltet die Huren auch nicht schmähen...«

»Und wenn sie sich verlieben?« murmelt der Professor lächelnd.

»Das ist beschissen!«

»War es Liebe?«

»Das Wichtigste für mich war die Tatsache, daß ich nicht mehr bumste, keine Lira mehr kassierte und langsam, aber sicher mein Gespartes aufbrauchte...«, erwidert die Spanierin mürrisch.

»Nur eine Frage des Geldes also?« beharrt der Professor.

»Natürlich! Ich bin doch nicht die Banca d'Italia...! Denkst du etwa, daß ich hure, um mir frischen Wind um die Nase wehen zu lassen?«

Die Wut der Spanierin ist Einsamkeit. Ihr Gelächter ein heftiger Zornesausbruch.

»Und doch hat dieser nackte, seltsame Junge Liebe bedeutet...«, beharrt dieser Affe von einem Professor.

»Die Liebe soll mir doch gestohlen bleiben!« braust die Spanierin auf.

»Kann ja sein. Aber dennoch: Liebe...«

Es wird still.

Die Spanierin tritt an das einzige Fenster, wie gehabt,

durch das man, weil es mittlerweile stockdunkel ist, nichts mehr sehen kann. Dort draußen herrscht Stille und Leere. Es schleicht allenfalls ein verängstigter, verhungerter Kater vorbei, der keinen Maunzer mehr wagt vor Angst, entdeckt und mit Fußtritten verjagt zu werden...

»Was zum Teufel glaubst du eigentlich? Daß ich es nicht gemerkt hatte...? Glaubst du etwa, daß ich nicht weiß, was es war?«

»Warum hast du es dann bis jetzt abgestritten?«

Die Spanierin bricht in lautes Gelächter aus, das jäh abreißt. »Weil auch ich mich manchmal gern beschissen benehme... Doch ich weiß alles, lieber Professor... Eine wie ich kann dir die Läuse auf dem Kopf und die Haare am Arsch zählen...«

»Das möcht' ich nicht bezweifeln...«

»Und es würde dir sogar gefallen, wenn ich es täte!« lacht die Spanierin erneut. Sie amüsiert sich – leicht hysterisch – wie verrückt. »Zu deiner Information: Mir ist, als meine Tage nicht kamen und mir der Test beim Apotheker bestätigte, daß ich schwanger war, niemals in den Sinn gekommen, zu einer Engelmacherin zu gehen...«

»Es war also Liebe...«, sagt Badini, der den roten Faden nicht verliert.

»Ja, Liebe!« explodiert die Spanierin. Doch sie sagt es im Flüsterton, muß sich anstrengen, denn eigentlich spricht sie nur zu sich. »Lausige, tuberkulöse, ekelhafte Liebe... Und, wie zu erwarten, er hatte mich reingelegt... Es erschien mir so logisch wie das Obst nach dem Käse, daß das Kind unterwegs war..., daß aus diesem Erlebnis ein Geschöpf entstehen mußte.« Sie hält inne. »Ich war wirklich blöd...«

»Warum?« fragt Professor Badini und legt all die Zärtlichkeit hinein, zu der er fähig ist. »Du warst in den paar Tagen glücklich...«

»Ich hatte zu viel Schokolade gegessen und litt an Durchfall«, sagt die Spanierin sarkastisch. »Alles in Ordnung, grinse nicht...«

»Aber du warst glücklich...«

»Was sind das für Überlegungen?« erwidert die Spanierin im gleichen Ton. »Das ist doch so, als würdest du jemanden in die Küche mitnehmen, ihn an den Töpfen riechen lassen und ihn dann – hopp – hungrig zum Teufel schicken...« Erneute kurze Pause. »Dir scheint die Lust, anderen wehzutun, wirklich angeboren zu sein...«

Für einen Moment ist sie wieder zum spitzen Stein geworden. Man wird erneut Gelächter und Streicheleinheiten benutzen müssen, sonst geht's nicht weiter.

»Denk doch, daß viele Leute noch nicht einmal das gehabt haben, was du in ein paar Tagen erlebt hast...«, sagt Badini liebevoll.

»Die Glücklichen... Wenn du nicht weißt, wie süß Zucker schmeckt, trinkst du den Kaffee auch mit Salz...«

»Ein bißchen Zucker hattest du doch noch...«

»Das Kind?« Das Gelächter der Spanierin wird streitsüchtig, böse. »Ja, Wiegenlieder, Stillen, Windelnwechseln, Baden und den Arsch einpudern...«

Niemand wagt es, den Mund aufzumachen. Jetzt ist es soweit. Irgend jemand wird zum Fenster hinausschauen, um sich im Mondlicht zu rasieren. Jemand wird heiraten. Jemand wird die Hände falten, bevor er die letzte Kommunion empfängt. Bald bricht alles zusammen – auch die Tölpel, Einfaltspinsel, Demütigen und Saukerle. Alle auf der Schüssel, ohne daß man die Wasserspülung ziehen müßte. Die Spanierin schweigt.

Sie brütet über ihren eigenen Schwierigkeiten, ohne den anderen ins Gesicht zu sehen.

Dieses Schweigen dauert wenigstens drei Minuten, also genauso lange wie eine schnelle Nummer im Auto.

»Hast du dieses Wesen nie liebgehabt?« wirft Professor Badini schließlich als Köder aus.

Die Spanierin blickt auf.

»Wer behauptet das?« murmelt sie anmaßend mit gerunzelten Brauen. »Wer, zum Teufel, hat das auf dieser Erde behauptet? Etwa du, Schlappschwanz, Herr aller angesengten Schwänze?«

Sie beschimpft die Leere, die Luft, die Zeit, die Tage, die Vergangenheit, die Gegenwart, vor allem – sich selbst.

»Ich hab' sie ganz alleine geworfen«, fährt sie fort, »im Klo der Poliklinik, nachts, weil ich plötzlich Wehen bekommen habe und glaubte, pinkeln zu müssen. Die Ärzte, alles Hurensöhne wie ihr, sagten mir, ich solle ihnen nicht auf den Wecker fallen, es könne noch nicht sein, es sei zu früh, ich müsse nur Pipi machen, sonst nichts... Ich hab' eine halbe Stunde lang versucht, ihnen zu erklären, daß ich noch nie im Leben dieses Gefühl gehabt hätte... So als müßte ich pinkeln und auch nicht pinkeln...« Sie schweigt ein Weilchen. »Es war nachts, das war ja die Scheiße. Und nachts will niemand etwas arbeiten... Nicht einmal die Mütter wollen Kinder gebären...« Niemand redet. Professor Badini denkt sich im stillen, daß es wahrlich eine große Liebe gewesen sein müsse.

Niemand wagt es, etwas zu sagen. Sie warten auf die Eroberung des Mondes, alle drei, wie damals, als alle bei Tagesanbruch erschöpft, aber so ergriffen waren, daß sie mit zusammengekniffenem Hintern und spitzem Gesicht vor dem Fernseher hockenblieben.

»Die Schwierigkeiten haben erst nachher begonnen«, nimmt die Spanierin den Faden wieder auf. »Ein hungriges Mäulchen mußte gestopft, das Krankenhaus, die Wiege, Decken, Wollschühchen bezahlt werden und dazu fünfzig Tage Bumsverbot...«

»Ist es dir abgegangen?« murmelt D'Allevi.

»Nicht wie du denkst, Dreckskerl...! Doch wenn das Bankkonto Ebbe anzeigt und das Portemonnaie weniger wiegt als eine Traube, dann muß was getan werden... Niemand hat Lust zu arbeiten, sonst wär' das ganze Leben ein Zirkus... Aus welchem Grund auch immer, erspart bleibt es keinem... Ich weiß, was du sagen willst..., daß der Moment gekommen war, sich die Hände zu reiben, einen alten Knacker zu angeln, ihn reinzulegen und ihn zu heiraten... Doch ich bin da, gottlob, anders eingestellt...! Ich will immer selbst entscheiden, will essen und schlafen, mit wem es mir Spaß macht...«

Sie hat dies stolz, angeberisch und aggressiv herausgeschrien, doch jetzt bricht sie plötzlich in Tränen aus wie eine Zehnjährige, die auf die Nase gefallen ist.

Es kommt so unerwartet, daß sich die anderen völlig verblüfft anstarren. Ihr Weinen ist nicht weniger grimmig und heftig als ihr Gelächter, doch es setzt sie in Verlegenheit, weil es still ist, ohne Schluchzer – nur die Tränen rollen ihr über die Wangen, als würde sie sich eilig und zornig das Gesicht waschen.

»Willst du einen Kaffee, Kleine Spanierin?« fragt sie Professor Badini ganz leise. »Einen Kognak? Ein Glas Wasser?«

»Ich will, daß mich der Schlag trifft!« Sie schüttelt den Kopf, während ihr Blick von einem zum anderen schweift, wie sie da vor dem Papierschmetterlingshintergrund sitzen. »Warum diese ganze Scheiße aufwärmen...? Je länger man Scheiße umdreht, um so schlimmer stinkt sie...« Sie schüttelt abermals den Kopf, um mit stechenden, zärtlichem Schmerz zu murmeln: »Armes Schwein... Armes Hurenkind...«

»Da denke ich anders...«, sagt Badini behutsam.

»Du hast sie doch gar nicht gekannt.« Die Spanierin starrt ihn an.

»Wen?«

»Meine Tochter...! Warum mußte sie geboren werden...?! Was hatte sie im Leben zu suchen...? Nur das, was man findet, sollte man suchen...«

Sie legte eine lange Pause ein, aus der sie sich nicht mehr befreien kann. Vor den Fenstern haben sich wieder Stimmen erhoben. Vielleicht ist das Abendessen vorbei. Die Kranken machen noch einen kleinen Spaziergang, unterhalten sich oder streiten über Sport und Politik, bevor sie sich, wie die Spatzen auf dem Telegrafendraht, vor den Fernseher hocken.

»Das soll einer verstehen, warum sie gerade aus meinem Bauch kriechen wollte...«

Die Spanierin ist verwirrt, völlig wehrlos. »Was hab' ich da für einen Mist gebaut...? Was für ein Mist«, murmelt sie.

»Bist du dir dessen sicher?« sagt Professor Badini angespannt.

»Ich bin nun mal so, wie ich bin, und ich hätt' sicherlich nicht wegen meiner Tochter zurückgesteckt... Ob an diesem oder einem anderen Abend – passieren mußte es, da gab's nichts...«

»Bist du dir dessen ganz sicher?«

Nachdenkliches Schweigen.

»Nun, ich hab' keinen Zweifel...«, sagt die Spanierin. »Es ist gekommen, wie es kommen mußte... Daran gibt's nichts zu rütteln!«

Die nach der Geburt vorgeschriebene Enthaltsamkeit ist erst seit ein paar Tagen vorbei.

Die Spanierin hat wie all jene, die nichts zu beißen haben, wenn sie nicht arbeiten, ihre Tätigkeit wieder aufgenommen. Sie sieht sich gerade einen Film im Fernsehen an, als das Telefon läutet.

»Wer zum Teufel wird das sein?« fragt sie sich wutentbrannt, weil ihr der Film gefällt.

Sie erhebt sich aus dem Schaukelstuhl und geht zum Telefon, damit das Geschelle das Kind nicht aufweckt.

Es ist ein Kunde. Wer denn sonst, Spanierin...? Wiegst du dich noch immer in der Hoffnung, daß dieser Nackedei wieder auftaucht, um dich aufs Land zu fahren?

Die Spanierin wünscht sich selbst zum Teufel. Am Telefon ist sie aber freundlich: »Aber überhaupt nicht, komm gleich...«, und legt den Hörer auf.

Sie kennt den Burschen. Ein großzügiger, ein bißchen geschwätziger Kunde, der von Zeit zu Zeit auftaucht, um seine schnellen Nummern zu schieben. Manchmal ging sein Abenteuer in die Hose, bevor er seine Männlichkeit überhaupt ins Spiel bringen konnte. Ein angenehmer Vertreter also. Die Spanierin holt die Whiskyflasche heraus und bereitet sich mit einer schnellen Intimwäsche vor. Sauber ist sie schon, doch man weiß nie.

Es vergehen zwanzig Minuten, dann läutet es an der Tür.

Es ist tatsächlich der von der schnellen Artillerie mit einem breiten Grinsen im Gesicht und einer Flasche Weißwein in der Hand.

»*Ciao*, Spanierin«, sagt er. »Du siehst gut aus... du ähnelst einer Nelke...«

Es wird Zeit für das Küßchen, kurzes Gefummel am Busen, verstohlenes Arschgetätschel, dann wird die Flasche entkorkt. Dir ein Glas, mir ein Glas, sie leeren die Hälfte.

Dem schnellen Artilleristen eilt es heute abend überhaupt nicht. Er redet lieber und läßt die blödsinnigen Bemerkungen überhaupt nicht abreißen. Er tischt ihr einen ganzen Roman über sein Haus, seine Frau, seine Kinder auf, über Dinge also, die nur ihn etwas angehen.

»Meine Frau ist ein Engel...«, sagt er.

»Warum? Ist sie etwa ein Mann?« zieht ihn die Spanierin auf und greift nach seinem Piephahn.

»Mach bloß keine dummen Bemerkungen über meine Frau«, braust der schnelle Artillerist beleidigt auf.

»Hab' ich das denn?« lacht die Spanierin. »Ich dachte, du nimmst es auf die leichte Schulter, da du den Engel verlassen hast, um zum Teufel zu kommen...«

Und dabei läßt sie ihre Hand nicht ruhen, um die Sache, die sich in die Länge zu ziehen droht, etwas zu beschleunigen, denn spätestens in einer halben Stunde wird sie ihr Kind stillen müssen.

»Ich sagte Engel«, erklärt er, »weil man ihrem Haushalt nichts nachsagen kann... Du könntest dir die Finger nach ihren Haushaltskünsten lecken...«, fügt er stolz hinzu.

»Na, der eine hat dieses Talent, der andere jenes«, lächelt die Spanierin und bearbeitet ihn weiter, um ihn zum Höhepunkt zu bringen. »Und wie ist sie im Bett?«

»Was soll man da machen? Am Abend ist sie erschöpft«, sagt der schnelle Artillerist echt liebevoll. »Nach der Wochenschau verkriecht sie sich unter die Decke. Ein Küßchen, wenn's hoch kommt...«

»Bumst ihr nie?«

»Am Sonntagnachmittag nach der Fußballübertragung im Radio...«

»Das ist doch beachtlicher Durchschnitt«, meint die Spanierin ironisch.

»Mach dich nicht über meine Frau lustig...« Laß meine Frau in Ruh!« befiehlt der schnelle Artillerist diesmal gereizt.

»Wer will denn was von ihr...! Du hast doch davon angefangen. Ich hätte mir das nicht im Traum einfallen lassen... Weil mich die Ehefrauen einen Dreck interessieren...«

»Schon gut«, sagt der schnelle Artillerist von oben herab. »Jedem das Seine...«

»Klar«, sagt die Spanierin, die merkt, daß er kurz vor dem Abschuß steht. »Und da gibt es auf der einen Seite Ehefrauen und auf der anderen Huren.«

Doch der Schnelle hat sich so in die Diskussion hineingesteigert, daß er das Händchen der Spanierin wegnimmt und sich in die Verteidigung seiner Ehefrau stürzt.

»Du hast gut reden!« verkündet er lauthals. »Aufstehen um sechs, Frühstück machen, Kinder zur Schule bringen, Hemden und Unterhosen bügeln, Mittagessen vorbereiten, Kinder wieder abholen, ihre Schulaufgaben überwachen, Abendessen auf den Tisch stellen, flicken, was zu flicken ist, Böden schrubben, Betten machen, Teller waschen, abstauben, Kaffee kochen, immer inmitten streitender Kinder, immer inmitten von Geschrei... Manchmal geht ihr sogar die Zeit ab, sich zu kämmen... Manchmal vergißt sie sogar das Bidet...« Er kichert. »Doch ich kann's ihr nicht verdenken, meinem armen Engel... Sie ist ein wirklicher Engel, erzogen wie eine Nonne – sie kommt immer mit ihrem Haushaltsgeld aus... Wahrscheinlich, indem sie auf ein Kleid, auf ein Paar Strümpfe verzichtet...«

»So daß dir dann die Zehntausender für mich übrigbleiben...«, lacht die Spanierin.

»Weißt du, jeder Mann stellt Ansprüche...«

»Meinst du etwa, die Frauen nicht?«

»Ihr genüge ich...«

»Hoffen wir nur, daß sie dir keine Hörner aufsetzt, mein Sohn...«

»Wieso denn?« fragt der Schnelle mit dünner Stimme.

»Ach, sieh einer an, du würdest dich darüber aufregen...?! Du kommst hierher, weil die Nonnen so was wie ich nicht tun, und würdest dich ärgern, wenn dich deine Frau vom Hausmeisterssohn aufs Kreuz legen ließe.«

Der Schnelle sieht sie völlig verdutzt an und schweigt eine Weile. Er studiert die Spanierin, kann aber der finsteren Wolke wegen, die ihr Gesicht umgibt, nichts ausmachen.

Er weiß nicht, ob sie traurig oder heiter ist oder sich über ihn lustig macht.

Schließlich lacht er halbherzig und droht ihr mit geballter Faust. »Du willst deinen Spaß haben, nicht wahr, kleine Nutte!« sagt er. »Heute abend willst du lachen...«

»Wenn du wüßtest, wie sehr...«, sagt die Spanierin undurchsichtig.

»Erstens habe ich keinen Hausmeister, sondern eine Sprechanlage... Und wie kann man von einer Sprechanlage aufs Kreuz gelegt werden?« Der Schnelle lacht zufrieden über seinen Witz. »Zweitens ist die Arme so schlecht gekleidet, mit Laufmaschen in den Strümpfen, so verstrubbelt, daß sie wohl kaum jemanden finden dürfte, der sie will.«

»Auch ein blindes Huhn, und so weiter...«, sagt die

Spanierin und versucht, sich seiner erneut zu bemächtigen.

»Und ich soll dir das glauben!« sagt der Schnelle sichtlich belustigt. Er schüttelt den Kopf. »Manchmal könnte ich mich über dich totlachen, Spanierinchen...«

»Deine Frau kann von Glück sagen, mit einem so lustigen Ehemann verheiratet zu sein...«, sagt die Spanierin, der es nun endlich gelingt, ihn zu erwischen.

»Das kannst du laut sagen!« fängt der Schnelle unter der technisch perfekten und flinken Handhabung der Spanierin zu keuchen an.

»Du kannst es zum Fenster hinausschreien... Ich habe keine ständige Geliebte... Alles für die Familie und das Haus...«

»Und einen kleinen Seitensprung hie und da...«, fügt die Spanierin hinzu, die sich voll auf den Rhythmus konzentriert.

»Wohl oder übel... Sonst kriege ich Kopfweh und kann im Büro nichts mehr leisten... Verdammt, machst du's heute abend stark...!« schnauft er. Dann wirft er den Kopf zurück. »Verdammt, ist das gut... das Höchste... das Höchste...!« schreit er.

Auf der Schwelle zum Höhepunkt wird er von dem plötzlichen, vorwitzigen Geschrei des Kindes zurückgehalten, das aufgewacht ist. Der Schnelle prallt zurück und das ›Höchste‹ erweist sich als Rohrkrepierer.

Die Spanierin steht auf und sagt zwischen den Zähnen hindurch: »Hättest du nicht noch ein paar Minuten länger schlafen können, mein Liebling?«

Dann geht sie voller Zärtlichkeit zum Nebenzimmer – den Schnellen im Schlepptau.

»Wer hat da geschrien?« murmelt er. »Das klang wie ein Kind...«

»Bravo. Du hast es erraten!« sagt die Spanierin, ohne sich umzudrehen.

Sie tritt in das Schlafzimmer, macht das Licht an. Das Kind schreit in einem fort. Es hat Hunger. Doch kaum geht das Licht an, beruhigt es sich ein wenig, als hätte die Vesperglocke geläutet.

Die Spanierin nimmt das Kind liebevoll in die Arme, hebt es hoch, setzt sich aufs Bett. Sie hat vergessen, daß hinter ihr der Schnelle steht, der sie verwundert anblickt.

»Ist das dein Kind?«

»Wessen sonst?« erwidert die Spanierin, entblößt ihre Brust und legt das Kind an.

Dem Schnellen entfährt ein seltsam gurgelndes, gequältes Lachen. Es scheint eher Bronchitis als Gelächter zu sein.

»Was, zum Teufel, hast du angestellt, Spanierin...? Nun wirfst selbst du Junge?«

»Ich weiß, daß das nichts ist für meinesgleichen«, entgegnet die Spanierin streitsüchtig. »Für eine wie mich bedeutet das nichts als Scherereien... Doch ich scheine mich mit den unangenehmen Seiten des Lebens ziemlich gut abzufinden, ich ertrage ja sogar dich...« Und, bevor der Schnelle verstanden hat und beleidigt sein könnte: »Der Rest ist so beschissen...«

»Was für ein Rest?« fragt der Schnelle verwirrt.

Der Rest ist zu groß für den schnellen Artilleristen. Den kann die Spanierin gerade noch begreifen. Der Rest – das sind Tage, Jahre, Himmel, Länder, Jahreszeiten und eine endlos lange Kette von Kunden.

»Hör zu«, sagt die Spanierin nach einer kurzen Pause ganz leise und freundlich. »Warum scherst du dich nicht zum Teufel?« Es klingt wie ein Kompliment, ein Gefallen, eine gute Gelegenheit.

»Was hast du gesagt?« fragt der Schnelle ungläubig.

»Heute abend«, fährt die Spanierin in demselben höflichen Ton fort, »könntest du dich doch von deiner Frau bedienen lassen.« Und ohne die Stimme zu erheben: »Komm, scher dich zum Teufel...! Verschwinde!«

»Weißt du, daß du mich zum letztenmal gesehen hast?« sagt der Schnelle beleidigt. »Weißt du, daß ich dir eine langen könnte?«

»Versuch's doch...« Die Spanierin lächelt wie eine perfekte Gastgeberin. »Du wirst zu deinem und meinem Unglück jedesmal hier auftauchen, wenn du es dringend brauchst... Doch wenn du handgreiflich wirst, stopf' ich dir Stückchen für Stückchen die Wurst in den Hals, die du zwischen deinen Beinen hängen hast – und zwar ohne Brot...« Sie schweigt wieder und sagt dann ganz ruhig, beinahe zärtlich: »Scher dich bitte zum Teufel...«

Dem schnellen Artilleristen stockt der Atem.

Beleidigt oder auch nicht, er entfernt sich jedenfalls aus der Wohnung der Spanierin – die Türe schlägt nur halblaut zu.

Gedanken beim Stillen

Sie ist wie ein kleines Kätzchen, das Mädchen der Spanierin. Die Spanierin hat vergessen, die Kleine taufen zu lassen, und so hat sie noch nicht einmal einen Namen. Und sie weiß auch nicht mehr, ob sie sie beim Standesamt angemeldet hat, doch vielleicht haben das die Leute im Krankenhaus erledigt.

Jetzt trinkt das Baby gierig die Milch und schert sich nicht darum, daß es die Brustwarze der Spanierin mißhandelt. Es zieht daran, beißt fest hinein und saugt.

»He, immer schön langsam... Du tust mir weh...!«
Nichts. Das Kind trinkt weiter, als hätte es im Leben noch keine Milch bekommen.

Und während die Kleine zieht und sich mästet, denkt die Spanierin nach.

›Ich hab' dich gewarnt, Spanierin! Häng nicht Gedanken nach. Wenn sie dein Gehirn durchkreuzen, pinkel drauf. Ich weiß, daß es mies ist, so zu sprechen. Doch mir gefällt es, und vielleicht lass' ich mich eines Morgens am Gehirn operieren, so wie viele sich am Schwanz operieren lassen, um Frauen zu werden. Eine Operation entfernt alle Gedanken aus meinem Gehirn, solange ich noch lebe. Stell dir vor, wie lustig das wäre, wenn dir niemand mehr den Abfallsack vors Haus stellen könnte, verdammte Hure!‹

Doch inzwischen stillt die Spanierin und denkt, verdammt noch mal.

Und sie denkt, daß, wenn alles gutgeht für den kleinen Floh, der an ihrer Brust hängt, die Kleine später das Dasein einer Ehefrau wie die des schnellen Artilleristen oder einer Hure, wie sie eine ist, oder einer Vettel ohne Kopf und Schwanz erwartet.

Und wenn es ein Junge wäre?

Dann würde er zu einem schnellen Artilleristen heranreifen oder zu einem verlogenen Dieb wie Hamlet, einem Spiegelwichser wie Alvaro oder einem Mörder wie Orest – oder zu einem schönen Scheißkerl, einem Hurensohn, wie der Nackte aus dem Landhaus.

›Kein Ausweg, verdammt noch mal‹, denkt die Spanierin.

Sie stillt und sieht keinen Ausweg. Sie wurde so geboren, ist so aufgewachsen, hat so den Boden unter den Füßen verloren. Sie glaubt weder an Ideale, noch an den Ewigen Vater, weder an Fahnen, noch an die Unsterblichkeit, den Fortschritt, Christus oder wer weiß was für Blödsinn, den sich die Menschen ausdenken.

Sie glaubt an das Leben, das ganz kurz währt und wunderschön sein könnte.

Dagegen endet es zumeist, wenn man kein Glück mehr hat, als Schabefleisch.

Worüber grübelst du, verflixt noch mal, Spanierin?

Bis jetzt ist das kleine Wesen, das da saugt, ein winziges, ahnungsloses Kätzchen ohne Namen, das von alledem nichts weiß: von Liebe, oder keiner Liebe, von Kindern, Schule, kalt oder warm... Doch es dauert nicht lange, bis man einstecken muß.

Die Spanierin ist neunzehn, fast zwanzig. Das ist sogar noch zu jung für den Wehrdienst.

Sie ist eine, die ein paar Tage lang mit einem Mann in einem abgelegenen Landhaus nackt gelebt hat. Dies und nicht mehr.

Und was hat damit dieses bettnässende Äffchen zu tun, das schreit, wenn es hungrig ist, und von der Welt keinen blassen Dunst hat? Die Spanierin hat Mitleid und Angst.

Sie stillt, doch sie hat Mitleid und Angst um das Kätzchen, das ihr die Brustwarze beknabbert.

Deshalb

Deshalb tut die Spanierin, nachdem sie mit dem Stillen fertig ist, das Kind nicht mehr kreischt, sein Bäuerchen gemacht hat und ihm die Lider zufallen – deshalb tut die Spanierin, was sie tun muß.

Sie geht langsam, mit dem Wesen im Arm, durch die Wohnung...

Und denkt nach

Ehefrau des schnellen Artilleristen oder eines noch schlimmeren Scheißkerls.

Hure wie die Spanierin.

Armes Schwein, voller Illusionen, verrückt, überspannt.

Hungerleider.

Und wenn es ein Mann wäre?

Irgendein schneller Artillerist oder ein Nackter, oder Orest, oder Hamlet, oder irgendein anderer Scheißkerl?

Ob Mann oder Frau – es ist aussichtslos.

Dann …

Dann küßt die Spanierin ihr Kind und tut, ohne eine Träne zu vergießen, was sie plötzlich zu tun beschlossen hat.

Das, weswegen sie Professor Badini und die Doktoren Sansavino und D'Allevi seit heute morgen befragen.

Und wie es schließlich geschah

Die Spanierin nimmt das namenlose, ungetaufte Wesen und starrt vor sich hin, dort, wo es passieren soll, läßt sie es passieren. Das heißt:

Sie wirft ihr namenloses Wesen durch das Fenster auf die Straße, und es verschwindet ohne einen Schrei.

Alles ist verschwunden: die Ehefrau, Mutter, Hure, Geliebte, einsam und verraten, wie sie nun mal sind.

Die Spanierin hätte es nicht beschützen können. Sie weiß, daß sie dazu nicht fähig ist.

Also, glücklich im Tod, wenn schon nicht im Leben, verflixt und zugenäht.

In diesem Moment gibt es einen furchtbaren Krach, Schreie, Gebrüll, Gefluche unter ihrem Fenster. Wie eine Schlafwandlerin bewegt sich die Spanierin, um sich hinauszubeugen.

Auf der Straße ein totes Kind. Und zwei Motorradfahrer sind aufeinandergefahren. Einer liegt langgestreckt in einer Blutlache auf der Fahrbahn – den Kopf verdreht wie den einer Stoffpuppe. Der andere lamentiert: ›Ogottogott‹, doch seine Stimme ist so dünn wie der Faden eines Spinnengewebes. Sie wird bald in einer anderen Stille verstummen, und dann werden sich beide, nach dem Wettrennen mit dem Motorrad, blutüberströmt, mit zertrümmerten Schädeln und einem Herzen, das nicht mehr schlägt, unter den Zypressen wiederfinden.

Vergiß dein Kind, Spanierin. Hier, ob so oder so, stinkt es immer nach Tod: Bei Jung und Alt, bei Söhnen, in Kriegen, bei Erfindungen, beim Geld, in der Armut, bei den Hoffnungen.

Verdammte Kacke…!

Psychiatrisches Gutachten

»Kontrolle erfolgt.«

»O. K. Maximal.«

»Jedes Erlebnis im emotionalen Bereich erfaßt, unter höchstmöglicher Beachtung der Gefühlsfrustrationen.«

»Die Emotionen der Seele sind unmeßbar.«

»Ein definitives Urteil kann nicht gefällt werden.«

»Bunte Papierschmetterlinge. Geduldsspiele. Hampelmänner.«

»O. K. Maximal.«

»Kontrolle erfolgt.«

»Jedes Erlebnis im emotionalen Bereich erfaßt, unter höchstmöglicher Beachtung der Gefühlsfrustration.«

»Freispruch erforderlich; Verurteilung indiskutabel.«

»Freiheit und psychiatrische Anstalt.«

»Wahlautomatismus.«

»Geschlossene, offene, halboffene, einen Spalt offene, aus Unaufmerksamkeit offenstehende, provokativ offengelassene Abteilung.«

»Krankenbett und Bett aus roten Baccarat-Rosen.«

»Verbranntes und fruchtbares Gras.«

»Magisches, delirierendes, herrliches, schreckliches Abbild der Natur.«

»In hundert Millionen Jahren ein Fossil.«

»Versteinerte Möse.«

»Versteinerte Tochter des universalen Erdbebens.«

»Fossile Spur der läppischen Natur des Menschen, auf der Mondoberfläche eingegraben.«

»Schert euch alle zum Teufel. Alle.«

Gezeichnet:

Professor Badini, Ercole
Dr. D'Allevi, Enrico
Dr. Sansavino, Emilio